Hikâyeleri

Akrebin, insanı saniye saniye
sokan yalnızlık nöbetlerine,
yüreğini Anadolulaştırarak
tahammül eden eşime...

Ufuk Kitapları: 16
İstanbul 2001

Editör:
Mustafa Armağan

Kapak:
Murat Acar

İç Düzen:
da Yayıncılık

Baskı ve Cilt:
Erkam Matbaası

Ufuk Kitapları bir **da Yayıncılık** ürünüdür.

ISBN: 975-6571-09-8

1. Baskı: Kasım 2001
14. Baskı: Nisan 2002

Cumhuriyet Cad. No: 209/4-B 80230 Harbiye, İstanbul
Tel: 0 (212) 232 17 51 Faks: 0 (212) 231 82 34

ALİ TOKUL

Akasya Hikâyeleri

UFUK KİTAPLARI

ALİ TOKUL

1966'da Trabzon'da doğdu. İlk, orta ve lise tahsilini Bartın'da tamamladı. A.Ü. Hukuk Fakültesi'ni bitirdi. Dünya Radyo'da genel müdür olarak çalıştı. STV Ankara temsilciliği yaptı. Çeşitli gazete ve dergilerde yazıları yayınlandı. Halen yurt dışında bir eğitim vakfının başkanlığını yürütmektedir. Evli ve iki çocuk babası olan Tokul'un daha önce yayınlanmış *Ümidin Sevinç Raksı* adlı bir şiir kitabı vardır.

İÇİNDEKİLER

ÖNSÖZ

BOSNA BAHARINDAN "*AK*ASYA" GÜNLERİNE

Dayton Antlaşması'nın henüz mürekkebinin kurumadığı günlerden bir ilkbahar günü, uçağımız "kanlı, kinli ve kirli savaş"ın kaderinde önemli bir yer işgal eden İngman Dağı'nın üzerinden, adeta bir kuğu sessizliğiyle ve zerafetiyle süzülerek inivermişti Saraybosna Havaalanı'na.

Nedendi bu sessizlik? Yoksa hâlâ kulaklara çetniklerin silah tarrakaları mı gelmede veya sınaypırların ateşi gözleri mi kamaştırmadaydı? Bilemiyorum. Belki de...

Öyle mekânlar vardır ki, onunla birlikte nice ızdıraplar, nice acılar, nice çileler ve nice kahramanlıklar birlikte hatıra gelir. İngman Dağı da bunlardan biridir. Dört yıl süren "kanlı, kinli ve kirli savaş" boyunca Boşnak kardeşlerimizin sırtını dayadığı bir sığınak. Say ki Ashab-ı Kehf'in, "Kutlu Yediler"in, mağarası; say ki "Âlemlerin Efendisi"ne melce' ve sığınak olmuş Ğar-ı Hira, Nur Mağarası...

"Bosna Baharı"nda geçirdiğimiz beş unutulmaz günün sonunda öğrendik ki, kaptanımızın bizi "kuğu sessizliği ve zerafetiyle" indirdiği Saraybosna Havaalanı'na, meğer bambaşka şekilde geliniyormuş savaş sırasında. Tıpkı, mütebessim simalarıyla bizi uğurlamaya gelen Ali ve Mehmet beylerin gelişleri gibi...

Anadolu topraklarından neş'et eden ve Sarı Saltuk'ların, Gül Baba'ların izini süren bir "gönül mimarı"nın, bir "himmet eri" pişdarlığıyla, bütün insanlığı kucaklayan eğitim hamlesinin bir ucunu da "evlâd-ı Fatihân"a ulaştırmak üzere Bosna'ya gelirler Ali, Mehmed ve diğer "adsız kahraman"lar. Bir süre Saraybosna'da hizmet ettikten ve dahi Boşnak kardeşleriyle hemhal olduktan sonra Türkiye'ye dönerler; taze bir şevk ve güçle yeniden Bosna'ya gitmek üzere. Ne var ki, Türkiye'de bulundukları sırada o meş'um, o uğursuz "kanlı, kinli ve kirli savaş" patlamıştır. Herkes üzülür, ama tabir yerinde ise onlar perişan olurlar. Kendileri Anadolu'nun huzur ikliminde, kaderlerini paylaştıkları Boşnak kardeşleri ise kuşatma halinde, adeta bir kan gölü içinde yaşama mücadelesi vermektedirler.

Duramazlar. Bir çare bulmalıdırlar!

Nihayet kararlarını verirler. Barış zamanı birlikte oldukları bu çilekeş insanların, asıl şimdi savaş şartlarında yanlarında olmalıdırlar. Binbir müşkilat ve zorluk içinde Hırvatistan'a ulaşırlar. Hırvat gruplar, kendilerini İngman Dağı'nın tepesine yakın bir yere bırakıverirler antlaşma gereği. "İşte!" derler, "Saraybosna Havaalanı aşağıda. Oraya ulaştığınızda BM askerleri sizi şehre ulaştırır." Ellerinde birer bavul, bir taraftan karlar üzerinde düşe kalka dağdan aşağı inmekte, diğer taraftan da, "çetnikler"in kurşun vızıltılarını kollamaktadırlar. Saatler sonrası havaalanına vardıklarında, gün batmış ve son BM kafilesi de şehre doğru hareket etmiştir.

Üzüntülüdürler. Ama pes etmezler. Bu defa, kilometrelerce yolu yine yaya katetmek üzere yola koyulurlar. Yine silah sesleri, yine ayyuka çıkan feryad ü figanlarla birlikte...

Eretesi günü, savaş şartlarından ve açlıktan iyice bitap düşmüş bir Boşnak yavrusunu gördüklerinde, Türkiye'den çantalarında getirdikleri son sandviçleri de verirler. Artık Boşnak kardeşlerinin kaderini tamamıyla paylaşabilirler.

Geçtiğimiz yıl, kaderin sevki ve lütfuyla yine Saraybosna'da idik. Türk-Boşnak Koleji yapılmak üzere tahsis edilmiş ve savaş sırasında Sırpların cephanelik ve karargâh olarak kullandıkları binayı tanımakta zorluk çekmiştik. Mayınlar temizlenmiş, mazgal delikleri tıkanmış, şarapnel parçaları ve boş kovanlar temizlenmiş, duvarlardaki kan izleri silinmiş ve bina tertemiz bir hale gelmişti. Artık odalardan işkence feryadları değil, körpe ve masum yavruların sevinç çığlıkları gelmekteydi.

Balkanların sancılı bir diğer bölgesi. Eğitim hamlesi oraya da ulaşmış ve okul faaliyete geçmiştir. Ne var ki, şehirde çok ciddi bir mesken sıkıntısı vardır ve Müdür Bey eşiyle başını sokacak mütevazi bir ev bulamamıştır. Ama "imanı olanın imkânı tükenmez". Müdüriyet odasındaki iki çek-yat, geceleri onların yatağı olur. Gündüzleri ise çek-yatlar kapanır. Oda resmi bir büroya dönüştürülür. Körpe ve masum yavruların okul formalarını temizleme, ütüleme, kopan düğmeleri dikme işi de Müdür Beyin fedakâr ve çilekeş eşine düşmektedir.

İşte burası da, ülkede çıkan bir iç kargaşa sırasında, bir "Emin Belde"ye, bir İngman Dağı'na, bir "Ğar-ı Hira"ya dönüşmüştü. Dünyanın başka sancılı bölgelerinde olduğu gibi, çatışmalar eğitim yuvasının hudutlarına gelindiğinde durmaktadır. Çünkü orası, bölge insanının ciğerpareleri olan yavrularını şefkatli ellere emanet ettikleri bir eğitim yuvasıydı. Orada ateş kesilirdi. Çünkü orası fitne ve kargaşa ateşlerini söndürmek üzere kurulmuş bir müessese, bir barış ve huzur iklimidir.

Ben kim oluyorum ki, bunları size anlatma cüretinde bulunuyorum. Gayret kuşağını giyinip hizmete koşanların, davasını ve çilesini, davasını ve gayretini, davasını ve ızdırabını yüklenenlerin, "isimsiz kahramanlar"ın, Cengiz Aytmatov'un ifadesiyle "adsız oğlanlar"ın destanî hayatını uzaktan, sadece imrenerek seyreden birisine mi düştü bu?

Kimbilir? Belki de bu, günahlarıma, gayretsizliğime, himmetsizliğime ve tembelliğime bir nebzecik olsun keffaret olur.

Elinizdeki, Ali Tokul Bey'in *Akasya Hikâyeleri*, bu fedakârlık ve çile ummanından sadece bir avuç ferahlık ve huzur dağıtıyor. Bu gülistanın rengarenk çiçeklerinden derlenmiş sade bir buket. Yazılması gerekenlere sadece bir başlangıç ve mütevazi bir dibace.

Ümid ediyorum ki gönlünüzde bu çiçek buketine de yer vardır. İnanıyorum ki, "gönül gözüyle" okuduğunuzda sizin için çok şey ifade edecektir. Satırlardan ve satır aralarından sizin de "sadrınıza" bir şeyler akacaktır.

Saygılarımla...

Cemal UŞŞAK

İFADE-İ MERAM YA DA ÂSÂ'NIN BULUNDUĞU YER

"... her biri bir alperen. Asırlardır türbelerine nur yağan Sarı Saltuk'ların, Karaca Ahmet'lerin, Akşemseddin'in torunları bunlar."

Prof. Dr. Ümit Meriç YAZAN

"Bu idealist, bu fedakâr insanlar, bu genç öğretmenler, bir gün gelecek, Türk tarihinin yüce insanları olarak anılacaklardır."

Aydın BOLAK

Bir zamanlar bizim gökyüzümüz karanlıktı. Yıldızlar gülümsemiyordu bize. Ay ışığıyla yıkanmıyordu topraklarımız.

Gönüllerimiz kuraktı. Dudaklarımız âb-ı hayat arıyordu.

Karanlıktı... Yönümüzü, yolumuzu bulamıyorduk...

Derken semalarımızda yıldızlar belirmeye başladı; ışığı yüreklerimizde şavkıyan yıldızlar, karanlık ufuklarımızı gökkuşağına boyayan yıldızlar, her biri bir yön, bir iz, bir yol olan yıldızlar.

Gökkubbeden aramıza inmişlerdi adeta... Bizim soframıza oturmuş, sohbetimize bağdaş kurmuşlardı. Bizimle ağlamış, bizimle gülmüşlerdi. Kaderimiz, kaderleri olmuştu.

"Kimsiniz, necisiniz?" diye sorduğumuzda; kimi, "Yunus" demişti...

Ben gelmedim kavga için
Benim işim sevgi için
Dostun evi gönüllerdir
Gönüller yapmaya geldim

diyerek anlatmıştı neci olduğunu.

Kimi Mevlâna'ydı. "Gel, ne olursan ol yine gel. Bin defa tevbeni bozmuş olsan da gel. Ümitsizlik kapısı değil bu dergâh" diyerek seslendirmişti kendisini. Ve bizleri inancın, ümidin ak iklimlerine çekmişti.

Kimi Ahmet Yesevî'den el almıştı, kimi Şah-ı Nakşibendî'den. Şimdi çoğunun adını dahi bilmiyoruz.

Belh'ten, Köhneürgenç'ten, Taşoğuz'dan, Merv'den, Hiva'dan, Buhara'dan, Türkistan'dan, Semerkand'tan, Maveraünnehir diyarından, Amuderya kıyılarından bir güzel dava uğruna; bizim için gelmişlerdi. Gelmişler ve bir daha geriye dönmemişlerdi.

Anadolu'nun dört bir yanına dağılmışlardı. Toprağın üstünü mamur etmişler, daha sonra toprağın altını mekân tutarak, Anadolunun tapusu haline gelmişlerdi.

Bilir misiniz?

Onların geldikleri diyarlarda; Maveraünnehir'de, Amuderya kıyılarında dilden dile şu hikaye anlatılır:

Şah-ı Nakşibendî gibi, Ahmed Yesevî gibi nice ulu insanlar, talebelerini hizmet ve hicret beldelerine gönderirlerken, âsalarını boşluğa fırlatır ve "Git" derlermiş, "âsayı bulduğun yere çadırını kur." Alperenler üstadlarının ellerini öpüp ardına bile bakmadan yollara düşerken, o "kâmet-i bâlâ"lar bu merasimi seyredenlere dönerek, "Şimdi bu gidenler, vardıkları illerde oraların insanlarını aydınlatacak. Daha sonra onların torunları gelip sizin torunlarınızı aydınlatacak" diye gelecekten bahsederlermiş.

Evet, şimdilerde Orta Asya topraklarında, o ulu insanların asırlar önce söyledikleri şeyler yaşanıyor doyasıya...

Anadolu'yu aydınlattıktan asırlar sonra Demir Perdeler'in arkasında karanlığa gömülen, bütün mukaddeslerinden ayrı düşen ve yüzyıllardır hıçkıran bahtı kara atayurda, anayurttan sefer var şimdi.

Dünyasını bir bavula sığdırmış delikanlılar ışık götürüyor, ilim götürüyor, inanç götürüyor, bayrak götürüyor, umut götürüyor oralara. Ve bir vuslat yaşanıyor şimdi. Atayurt, anayurtla kucaklaşıyor. Tarih ağlıyor, toprak ağlıyor, gök ağlıyor.

İşte elinizde tuttuğunuz bu kitap bir "hatıra demeti" şeklinde size bu vuslatı ve bu vuslatın müjdelediği yarınları hikaye ediyor...

Ali TOKUL

O "SUÇ" BENİM

Altın ne oluyor, can ne oluyor,
İnci mercan da nedir?
Bir sevgiye harcanmadıktan,
Bir sevgiliye feda edilmedikten sonra.

HZ. MEVLÂNA

Ben seni görmemiştim.

Sen beni tanımıyordun.

Ben çocuktum.

Senin "sesini" tanıdım önce...

"İnsanca yaşamayı, insan için yaşamayı, insanın barışını ve ebedi huzurunu hedeflemeyen hiçbir fikir ve düşüncenin payidar olamayacağını" anlatıyordun.

Tam anlayamıyordum seni. Çocuktum.

Söylediklerinden "iyilik etme"nin güzel bir şey olduğu sonucunu çıkarmıştım. Arkadaşlarımın derslerine yardımcı oldum. Kalemimi, silgimi, bilgimi paylaştım onlarla. Bu beni onlarla "bir" kılmıştı. Onlara iyilik ettiğimi düşünmek bana huzur vermişti.

Ben seni görmemiştim.

Sen beni tanımıyordun.

Ben çocuktum.

Senin "sesini" tanıdım önce.

Üniversitede okuyan ağabeylerim vardı.

Onların kaldığı eve gidiyordum.

Birbirlerine "ağabey" diyorlardı, "kardeşim" diye sesleniyorlardı..

Ben onların yanına gidiyordum.

Çünkü dışarıda büyükler birbirlerine kurşun sıkıyorlardı. Dışarıdan silah sesleri geliyordu.

İnsanlar öldürülüyordu. Ben korkuyordum. Çocuktum.

Senin "sesini" tanıdım önce.

"Sevgi ile var olduğumuzu, sevgi için var olduğumuzu, sevgisiz hiç ama hiçbir şeyin mümkün olmadığını", anlatıyordun sevgiyle.

"Sövene dilsiz gerek,

Dövene elsiz gerek,

İnsan gönülsüz gerek" diyordun.

Ben sevgiyi öğreniyordum, sevgiyi seviyordum.

Dışarıdan silah sesleri geliyordu.

Ben, bana "kardeşim" diyen, üniversitede okuyan ağabeylerimin evine gidiyordum.

Onların evinde ışık vardı, sevgi vardı, umut vardı.

Hep beraber dışarıda birbirlerini kurşunlayanlar için dua ediyorduk. Sesin ağlıyordu, ağabeylerim ağlıyordu, ben ağlıyordum.

Ben seni görmemiştim.

Sen beni tanımıyordun.

Ben çocuktum.

Benim bıyıklarım yeni terliyordu. Milli takım her Avrupalı'dan fark yiyor, Erovizyon'da hep sona demir atıyorduk. Herkes, "İşte

Avrupa'yla farkımız" diyordu. Çekim alanına girdiğim her yerde Amerika, Avrupa "kompleksi" yaşanıyordu.

Ben senin sesini tanıdım önce...

"Milletimizin makûs talihi değişmelidir. Bu tarihî misyon, kafası pozitif bilimlerle aydınlanmış, kalbi inançla kanatlanmış, ülkesi ve halkı için her şeyini fedaya hazır bir altın nesil tarafından yapılacak ve milletimiz yeniden, bir kez daha devletler platformunda dengeleri belirleyici güç olacaktır" diyordun.

Bu ses ağabeylerimin evinden yükseliyordu. Bu seste karamsarlık ve kompleks yoktu. Işık ve umut vardı.

Ağabeylerimin okullarında niçin çok başarılı olduklarını anlamaya başlamıştım.

Daha bıyıklarım yeni terliyordu.

Başarılı olmaya ant içmiştim.

Yıllar yılları kovaladı.

Artık ben senin dizinin dibinde oturuyordum. Benden mutlusu yoktu. Pak dâmenin üniversitemdi.

Bir gün, şimdi hasretleriyle iki büklüm olduğunu bildiğim, arkadaşlarımla beraber otururken buğulanmasına dayanamadığım gözlerin gözlerimde;

"Evin var mı?" diye sordun.

"Hayır" dedim başım önde.

"Araban var mı?" diye sordun bu kez.

"Hayır" dedim aynı mahcubiyetle.

Sevindiğini görmüştüm. Sevindiğine ne kadar sevindiğimi bilemezsin...

Sonra hepimize dönerek, "Benimle beraber olmak isteyenin hiçbir şeyi olmasın" dedin.

Sahip olduğumuz her şeyi O'nun yolunda bu millete vermemizi istedin.

Dışarıda halden ve dilden anlamayanlar, Ege Kıyıları'ndaki zeytinliklere göz dikmişlerdi. Ellerindeki hesap makinelerinin son sıfırı katrilyonu gösteriyordu.

Sen acıyla gülüyordun. Biliyorum, yüreğinde ızdıraptan bir umman hurûşandı.

Çevrende halelendiğimiz, müptelası olduğun derdini yüreklerimizde demlediğin günlerden birindeydi. Ülke kaos içindeydi. Doğu ve Güneydoğu'da kan durmuyor, her gün Anadolu'nun birkaç yerinde şehit Mehmetçiklerin nâşı kaldırılıyordu. Fırsatını bulan, ülkenin batısına kaçıyordu. Düşüncelerinin tutkunu, Anadolu insanının oralarda açtığı okul ve dersanelerde müdürlük yapan bazı arkadaşlarımız da aramızdaydı o gün.

"Efendim, tehdit ediliyoruz, ne yapmamızı tavsiye edersiniz?" diye sordular.

Cevabın hâlâ bir bayrak gibi yüreğimin gönderinde dalgalanır:

– Milletimiz adına ölmek için başka hangi günü bekliyorsunuz?

Ah, bilmem ki, adının bölücülük ve terör gibi kapkara ve lanet kelimelerle yan yana söyleneceği hiç aklına gelir miydi?

Işığın Demir Perde'yi eleğe çevirdiği günlerdi. Sen sevenlerine; "Gidin, kardeşlerinize karşı tarihî sorumluluğunuzu, vefa borcunuzu yerine getirin, iş kurun, okul açın" diyordun kabına sığmaz bir heyecanla.

Derdinin tutuklusu bir avuç Anadolu insanı Azerbaycan'a kanatlandı önce. Selam götürmüşlerdi Anadolu'dan, vatan toprağı götürmüşlerdi. Yüzlerce bayrak ve Kur'an-ı Kerim götürmüşlerdi.

Anayurdun toprağını sürme diye gözlerine çeken insanların haberleri geliyordu kulaklarına. Bayrağa sarılıp "Artık ölsem de gam yemem" diyen insanların hikâyesini dinliyordun kimi zaman. Kendisine hediye edilen Kur'an-ı Kerim karşısında, "Alın gelinlik kızımı" diyen seksenlik ninelerin gözyaşlarına karışıyordu gözyaşların.

Zor günler yaşanıyordu Azerbaycan'da. Tanklar Bakü'de kardeşlerimizi çiğnerken sen kürsüde baygınlık geçiriyordun. Kanlı arbede sürerken "Dönelim mi?" diye sormuşlardı ilk giden muhabbet fedaileri. "Asla" demiştin kararlılıkla. "Kardeşlerimizin ızdırabıyla iki büklüm olun ve orada kalın."

Senin duanı alıp, bir üveyik gibi avuçlarından atayurda uçmak bana da nasip oldu. Atayurtta açılan okulların tükenmez bir sevgi pınarı olduğunu, bu okulların soyluluğunu, berraklığını, vakarını, ilk günkü tazeliğiyle koruduğunu bütün benliğimle yaşadım. Masallarımızın, ninnilerimizin, türkülerimizin, halaylarımızın, bilmecelerimizin, fıkralarımızın, bayraklarımızın, kahramanlarımızın buluşup-bütünleştiğini ve bir güç haline geldiğini her gün biraz daha iyi anladım.

Türkiye yüzyılın afetiyle sarsıldığında buradaydım. Acının bizi can evimizden vurduğu günlerde, arkadaşlarım bir zarf tutuşturdu elime. Zarftan, bir mektup ve ucunda "haç" takılı altın bir kolye çıktı.

Mektubun sahibinin ifadelerinden Rus olduğu anlaşılıyordu. "Ben Özkemen'de yaşayan bir bayanım. Siz Türkleri buradaki okulunuz sayesinde tanıdım ve sevdim. Acınızın büyüklüğünü anlıyorum. Acınızı bütün kalbimle paylaşıyorum. Elimden çok bir şey gelmemesinin beni ne kadar üzdüğünü size anlatamam. Tek yapabildiğim şey, yıllardır sakladığım, bir arkadaşımın hatırası kolyemi size göndermek. Eğer kolyeyi satar ve karşılığını depremzedeler yararına kullanırsanız beni çok sevindirmiş olursunuz."

Hüneri ancak samimiyeti olan bu okulların etrafında, asırlık düşmanlıkların paramparça olduğunu görmenin insana verdiği mutluluğu ancak duyan ve tadan bir gönül bilir.

Çok mu iddialı bir cümle olur bilemiyorum ama, söylemeliyim. Sevginin egemen olduğu bir dünyanın kurulabileceğini mümkün görmeyenler herhalde seni ve bu okulları tanıyamayanlardır.

Artık ben seni gördüm.

Artık sen beni tanıyorsun.

Ve artık ben bir çocuk değilim.

Eğer senelerdir ekseninde duyup hissettiğim, görüp yaşadığım bu şeyler bir suç ise, bil ki işlediğin o suç benim, ve bil ki işlediğin o suçum ben.

Yüreğimde bu duygularla ziyaretine gelmiştim senin. Kendimi sinene bırakacak; "Ben iffeti anamın sütünden, onuru babamın terinden, şuur ve idrakî de senin göz yaşlarından içtim" diyecek, içimi şerh edecektim. Ama nafile. Yine yapamadım. Sana görünmemeye çalışarak yüreğimdekileri masana bırakabildim sadece.

Benim bir tek muradım var: Sadağında ok olayım
Savur beni, hedefinin odağında yok olayım,
Sonra tomurcuk bir gül gibi uyanıp yüreğinde
Dua dua dolaşarak dudağında çok olayım.

Ve dönerken de yüreğindekileri alıp götürdüm benimle beraber:

Vuslatımdan elimde hüzünlü bir tat kaldı
Dertlilere kılavuz eskimez bir hat kaldı
O bilgenin nurefşan rahle-i tedrîsinden
Bana şefkat, irşad ve her şeye tâkat kaldı.

ANNEME MEKTUP

"...Keyfin nasıl?" diye sorduğumda, arkadaşları kıkırdadılar. Petersburg'u çok seviyordu, öğrencileriyle de etle tırnak gibi olmuştu. Yaptığı işe inanıyor, manevî tatmin sağlıyordu. Kısacası herşey iyiydi, hoştu ama annesini çok özlüyordu. O kadar çok özlüyordu ki bu "ana kuzusu" hali arkadaşları arasında şaka konusu olmuştu.

Gülay GÖKTÜRK

Canım annem;

Korkularımda sığındığım kucağın, gölgen yok yanımda. Nefesin dolaşmıyor saçlarımda. Ellerin, bereketli ellerin okşamıyor yanağımı. Sıcacık bakışlarının dokunmadığı iklimlerde üşüyorum. Uzaklardayım, sensizim. Hasretin içimde bir yanardağ anne...

Ah, bir bilsen anne. Sana mızıkçılık yaptığım okul günlerini nasıl arıyorum. Sen bir yandan kahvaltımızı hazırlar, bir yandan da seslenirdin; "Haydi kalkın, geç kaldınız". Biz seni kızdırmak için derin uyku pozlarında yorganın içine gömülürdük. Ama aklımız hep sobanın üzerinde kızaran tereyağlı dilimlerde olurdu...

Bazen üç kardeş seni kızdırmak için çete kurardık. Sen, kurban olduğum ayaklarına giydiğin terliklerle dağıtırdın bu çeteyi. Ah anacığım, yine bir kedi gibi eteklerine dolaşsam, yine yaramazlık yapsam ve sen yine kafama fırlatsan terliklerini. Sahi, kardeşlerimle sana aldığımız ilk anneler günü hediyemiz de bir çift terlik değil miydi? Hasretin içimde bir umman anne...

Küçük kardeşimin günlerce komada, ölümle kucak kucağa yattığı hastane günlerini hatırlıyorum. Bir ulu çınar gibi sadece sen ayakta kalmıştın ailemizde. Serapa umuttun önümüzde ve içimizde. Acının bizi dağıttığı zamanlarda, kanatlarının altında titreyen bize hayatı anlatır, daha çetin, daha dayanılmaz günlere hazırlardın. Senin için de kolay değildi. Sana söylemesem de geceleri nasıl bitirdiğini kan çanağına dönmüş, şişmiş gözlerinden anlardım. Hasretin içimde bir yanık türkü anne...

Beni gurbete ilk uğurlayışın tüllendi gözlerimde. Boynuna sarılıp ayrılırken, ciğerlerim sökülüyordu sanki. Senin yüreğindeki depremi ise gözlerin anlatıyordu. Şimdi kalbimin en bana ait yerinde, bereketi yüreğinin üsâresiyle sulanmasından kaynaklanan, o günün hatırası bir yürek cümlesi durur: "Allah kimselere mahcup etmesin."

Bilmem ki anacığım, oğlunun bugünlerini sezdin de mi söyledin? Şimdi sensizliğin ve Anadolu'dan ayrılmışlığın hicranının hüküm sürdüğü uzaklarda oğlun gibi binlercesi, dünya çocuklarına yani yarının dünyalarına Türkiye'mizi anlatabilmek ve sevdirebilmek sancısıyla açılmış yüzlerce okulda bu amaç için terliyor.

Ana sütünden ve vatan toprağından aldıklarımızı "helal ettirebilmenin" insanı mest edici bir şekli olarak vurulduğumuz bu yolda odaklandığımız nokta, son gece yıllar evvel babam için işlediğin ilk mendilinle beraber, özenle bavuluma koyduğun bayrağımıza mahcup olmamak...

Hasretin içimde bir köz, duaların ufkumda bir ışık anne...

Ellerinden öperim

Oğlun...

AJEM[1]

Geceden sonraki sabaha şükür,
Özgürlük getiren silaha şükür,
Bizi kavuşturan Allah'a şükür,
Ağlaya ağlaya dindim Asyacan.

Fatih KISAPARMAK

Murat Bey, dedesi Mızrak Mehmet'in kıssaları, hikayeleri ve öğütleriyle büyümüştü. Hayatının son demlerinde, torunlarının hangi çocuklarına ait olduğunu unutacak kadar rahatsızlanan Mızrak Mehmet'in hiç unutmadığı şeylerden biri Dede Korkut ve onun masallarıydı. Murat Bey'in dimağına Dede Korkut'un ismi taa o zamanlardan kazınmıştı.

Seneler sonra Murat Bey'in yolu, kaderin bir cilvesi, Akmescit'e, Dede Korkut'un kopuzuyla masallarını söylediği beldeye düştüğünde, takvimler 1993'ü gösteriyordu. O yıl açılan Kazak Türk Lisesi'nde İngilizce öğretmeni olarak çalışmaya başlamıştı.

Okul açılalı henüz birkaç ay olmuştu. Murat Bey her sabah okula aynı güzergâhı takip ederek gidiyordu. Hemen her gün yol boyunca aynı çocukları, aynı yüzleri görüyordu. Hele de o afacan Kazak çocukları... Onlar, Murat Bey'in geçmesine yakın vakitlerde

1. Aje: Nine demektir.

yerlerini alıyorlar ve ona Türkçe "Merhaba, nasılsınız?" demek için sabırsızlıkla bekliyorlardı? Murat Bey onların o içten, o çocuksu, o iki Türkçe kelimeye sıkıştırılmış dostluklarını hiç unutmadı.

Murat Bey'in her gün evle okul arasında yürüdüğü mesafede bir dostu daha vardı. Onun sıcaklığı, şefkati aradan yıllar geçmesine rağmen hâlâ Murat Bey'in yüreğini ısıtır.

Hiç konuşmamışlardı onunla. Hiç sohbet etmemişlerdi. Birbirlerinin adını bile bilmiyorlardı. Sessiz, sözsüz, kelimesiz konuşuyorlardı. Yetmiş yaşlarında bir nineydi bu. Her gün penceresinden güleç yüzüyle Murat Bey'i selamlar, ona adeta cesaret verir, bir ana şefkatiyle dersine uğurlardı. Murat Bey ona "Ajem" diyordu. Bu sessiz sözsüz, bu dilsiz dudaksız, bu harfsiz kelimesiz sohbet, sözleşmişler gibi her gün aynı vakitte mutlaka olurdu.

Yağmur yağmıştı bir gece. Bardaktan boşanırcasına yağmıştı. Hiç durmayacak gibi yağmıştı. Murat Bey sabahleyin yürüdüğü toprak yolun çamur deryasına döndüğünü görünce asfalt yolu tercih etti okula gitmek için. Bu sayede üstü başı berbat olmadan okula ulaşmıştı. Ama içinde adını koyamadığı bir eksiklik hissediyordu. Nedenini bir türlü bulup çıkaramamıştı. Üç dört gün sürdü bu hal.

Bu arada güneş tekrar yüzünü göstermiş, ortalık normale dönmüştü. Murat Bey'in her zaman yürüdüğü o toprak yol da kuruyup sertleşmiş, yolcusuna hazır hale gelmişti. Murat Bey o sabah yola çıkarken "ayrılık bitti" diye seviniyordu.

İşte Kazak çocukları oradaydı. Bekliyorlardı yine. Gülümsedi onlara. Hatırlarını sordu. Onlar da hep bir ağızdan bildikleri o iki Türkçe kelimeyle "Merhaba, nasılsınız?" diyerek kucakladılar Murat Bey'i.

Yüz yetmiş beş adım sonra da "ajesini" görecekti penceresinde.. Ajesine yaklaştıkça seviniyor, yüzüne bir gülümseme doluyordu her zamanki gibi. Oradaydı ajesi. Penceresindeydi. Kendisini bekliyordu. Fakat ajesi niye gülmüyordu bu defa? Bakışlarındaki o sıcaklık niye solmuştu? Hasta mıydı? Ajesinin gözleri niçin elemliydi?

Ajesi de onu fark etti sonunda. Görmesiyle de ne yapacağını bilemez oldu. Elleriyle bir şeyler anlatmaya çalışıyordu. Telaşından önemli bir şeylerin varlığı seziliyordu. Murat Bey, ajenin meramını çözmeye uğraşırken, o yetmişlik nine bir çırpıda kapıda bitiverdi. Murat Bey'in yanına vardığında "Balam!" diye bir çığlık kopartarak kucağına yığıldı. Murat Bey donakalmıştı.

"Ajem" dedi Murat Bey, "Ne oldu sana? Niçin böyle harap oldun?" Ses vermiyordu nine. Kendinde değildi. Murat Bey kötü bir şey olmasından korkuyordu.

Az sonra nine kendine geldi. Murat Bey'i başında görünce tekrar sarılıp ağlamaya başladı. Göz yaşlarına boğulan nine, kesik kesik bir şeyler söylemeye çalışıyordu. Murat Bey'in bir ömür unutamayacağı şeyler... Niçin burada olduğunu cevaplayan en samimi şeyler. Morali her bozulduğunda hatırlayıp şarj olduğu şeyler:

"Ah balam, canım balam. Zannettim ki gittin sen. Zannettim ki Türkiye'ye döndün. Zannettim ki kopup gittin benden. Hüdâ'ya şükür. Binler şükür. Gitmemişsin. Buradasın. Gitme Balam. Kal Balam. Dur Balam."

Aje'nin duasıydı bu... Anadolu'yu atayurda çeken feryattı bu... Bir intizardı bu... Bir intizar; Akasya intizarı...

OSMANLI PAŞASI

O gönül erleri ki hizmet sevdasındalar
Varlık-yokluk çizgisi iman davasındalar
. . .
Müjdelenmiş sabahın şafağı tüllenirken
Bâdıyla sarmaş dolaş vuslat rüyasındalar

A. T.

Selim Bey, Almatı'ya geleli henüz onbeş gün kadar olmuştu. Ticaret için gelmişti buralara. Nasip arayacak, bereket arayacaktı. İlkin Almatı'nın güzelliği büyülemişti onu.

İki katlı bir yer evinde[1] misafir kalıyordu. Evin geniş sayılabilecek bir bahçesi de vardı. Uzun yaz günlerinin akşam serinliğinde çay içmenin keyfi bir başka oluyordu burada.

Türkiye'den gelmiş delikanlılar kalıyordu bu yer evinde. Yerküreyi omuzlarına yüklesen, bana mısın demeyecek delikanlılar. Çehreleri gül cenneti delikanlılar. Üniversitede okuyorlardı. Anadolu'dan Almatı'ya kim gelse eninde sonunda yolu bu yer evine uğruyor, mutlaka ya bir bardak çay ya da bir tas çorba içiyordu. Gün boyu cıvıl cıvıldı bu ev.

Bu onbeş günlük süre içinde Selim Bey'in dikkatini, yan taraftaki yer evinde yaşayan yaşlı teyze çekmişti. Çeçen asıllı bir tey-

1. Yer evi: Çoğu bahçeli müstakil ev.

zeydi bu. Hemen her gün gençlerin kaldığı eve uğrar, hazırladığı bir-iki kap yemeği mutfaklarına bırakır, bir ihtiyaçları olup olmadığını sorar, üç beş dakika lafladıktan sonra ayrılırdı. Hele günaşırı getirdiği pastaların, Çeçen böreklerinin tadına kanmak, çok görmüş geçirmiş Selim Bey için dahi kolay olmuyordu.

Selim Bey bu yaşlı Çecen Teyze'nin anaç bir tavuk gibi delikanlılara kol-kanat germesini, onların üzerine titremesini çok normal bulmuyordu. Dikkatini çeken de buydu zaten. "Bu işte mutlaka bir şey var" diye düşünüyordu.

Sonunda merakına mağlup oldu Selim Bey. Sandalyesine kurulup bahçenin keyfini çıkarmaya niyetlendiği bir akşam serinliğiydi yine. Elinde pastalar, böreklerle çıkageldi yaşlı Çeçen Teyze. Her zamanki gibi mütebessim çehresiyle ve "Nerede benim yavrularım?" diye bahçeyi neşelendiren sesiyle...

Biraz sonra işini bitirmiş evine dönüyordu. Bahçede oturan Selim Bey'in yanından kapıya doğru ilerlerken "Bir dakika teyzeciğim!" dedi Selim Bey. Ve yaşlı teyzeye o soruyu sordu:

"Niçin, neden bu gençleri bu kadar seviyorsun? Hangi sebeptir seni bir anne gibi bunların etrafında döndüren?"

Bu soru, yaşlı Çeçen Teyze'yi olduğu yere mıhladı. Daldı gitti. Bir müddet ufuklarda dolaştı bakışları. Selim Bey'e dönüp "Anlatsam dinler misin?" dediğinde gözlerine çiğ düşmüştü. Anlatmaya başladı tane tane... Anlatmaya başladı bir bir:

> "Çok sevdiğim bir anneannem vardı. O da beni çok severdi. Hiç kıyamazdı bana. Her fırsatta, "Benim torunum dünya güzeli olacak ve ben onu Osmanlı Paşası'yla evlendireceğim" diye takılırdı. Büyüdüm. Söylediği gibi çok güzel bir kız oldum. Herkes etrafımda pervaneydi. Anneannem beni istemeye gelen herkesi "Ben onu Osmanlı Paşası'yla evlendireceğim" diye geri çeviriyordu. Anneannem vefat etti."

İç geçirdi yaşlı Çeçen Teyze. Gözlerinden süzülen bir iki damla yaşa engel olamadı. Onları silerken sürdürdü anlatmasını...

"Daha sonra da annem aynı şeyleri söylemeye devam etti. "Ben kızımı Osmanlı Paşası'yla evlendireceğim". Bütün taliplerim önce anneannemden, sonra da annemden hep bu cevabı aldılar. Aradan seneler geçti. Kısmetim kapandı. Artık ne arayanım ne soranım vardı. Ne de gelen bir Osmanlı Paşası. Nihayet annemi de kaybettim."

Buraya kadar anlattıkları, merakını ateşlemekten başka bir işe yaramamıştı Selim Bey'in. İşin sonunun nereye varacağını şimdi daha çok merak ediyordu. Yaşlı Çeçen Teyze'nin hikâyesi bir vakum gibi onu içine çekmişti.

Yaşlı Çeçen Teyze, belki de seneler sonra kendisini dinleyen bir gönül bulduğundan memnun, tane tane dillendiriyordu derdini.

Zaman geçtikçe anneanneme de anneme de daha fazla içerliyordum. İyice dertlendiğim, canıma tak ettiği bir gündü. Evin içinde anneannemin hakkında ileri-geri konuşmaya, sonra da ona bağırıp çağırmaya başladım. Boşalmıştım artık. Ağzıma ne gelirse söylüyordum. Bir yandan da hıçkıra hıçkıra ağlıyordum: "Senin yüzünden evde kaldım. Ne arayanım, ne soranım var. Ah akılsız kafam. Niye dinledim sanki seni" derken oturduğum yerde sızıp kalmışım.

Rüyamda anneannemi gördüm. Ben yine bağırıp çağırmaya devam ediyordum: "Hep senin yüzünden. Başıma gelenler hep senin yüzünden. Hani Osmanlı Paşası gelecekti. Hani beni Osmanlı Paşası'yla evlendirecektin. Hani sen yalan söylemezdin. Hani neredeler? Nerdeler? Söylesene nerdeler?"

Anneannem yine aynıydı. Sakin, telaşsız yanıma geldi. Saçımı, yanağımı okşadı. "Geldiler ya kızım" dedi. Şaşırdım. Aynı hırçınlıkla "Kim geldi? Nerede hani?" diye sordum.

Anneannem benim hırçınlığıma aldırmaksızın yumuşacık sesiyle; "Ben yalan söylemem kızım. Yan taraftaki eve yeni komşular gelmedi mi? Türk değil mi onlar? Onlardan bahsediyorum işte" deyince uyandım. Hayretler içinde kalmıştım.

Çünkü anneannem doğru söylüyordu. Yan taraftaki eve yeni komşularımız gelmişti. Gelenler Türk'tü...

"Böyle işte" dedi yaşlı Çeçen Teyze gözyaşlarını yazmasının ucuyla silerken. "Kocam değil ama oğullarım geldi. Evlenemesem de hiç önemli değil. Anneannemin söylediği çıktı ya.. Türkler geldi ya. Gerisi hiç önemli değil. Bunlar bana anneannemin emaneti. Anladınız mı şimdi niçin bunların üzerine titriyorum?..."

Anlamıştı Selim Bey... Çok iyi anlamıştı. Onu zaten ilkin Almatı'nın güzelliği büyülemişti, sonra da bu hikâye...

Selim Bey hâlâ Almatı'da ve hâlâ o yer evinin bahçesinde çay içmeye devam ediyor.

AH İSTANBUL, AH TÜRKİYE

Görmüş İstanbul'a yüzbin meleğin uçtuğunu
Saklamış durmuş, asırlarca hayalinde bunu

Yahya KEMAL

Abdurrahman Ağabey'in feci bir kaza geçirip şuurunu yitirmiş bir halde hastaneye kaldırıldığını öğrendiği gün, soluğu hastahanede almıştı.

18 gün, tam 18 gün bir ana, bir abla gibi, öz kızı gibi hasta yatağının başında nöbet tutmuştu. Geceleri bir iki saatten fazla uyumamıştı. Öylece hazırolda beklemişti. Ne dediysek kâr etmemişti. "Ayrılmam" demiş, ayrılmamıştı. "Bekleyeceğim" demiş, beklemişti. Altını değiştirmiş, terini kurulamış, ziyaretçilerle meşgul olmuş, dua etmiş, gözyaşı dökmüştü.

Aycan Hanım, o soylu, o vakur gazeteci Kazak hanım, her gün gözümde biraz daha destanlaşmıştı.

Ne akrabasıydı, ne de evvelden tanıdığı. Abdurrahman Ağabeyi Almatı'da tanımış, onunla biraz alış-verişte bulunmuştu. Hepsi o kadar. Bu ilginin, bu sevginin, bu derin hürmetin başka, apayrı bir sebebi olmalıydı. Muhakkak olmalıydı. Bazı tahminler yapıyor, varsayımlar kuruyor ama bir türlü tatmin olamıyordum. Bu alâkanın arkasında ne olabileceğini çok merak ediyordum.

Ancak Abdurrahman Ağabey'in durumu çok kritikti ve şimdi merakımı gidermenin vakti değildi. Nihayet doktorlar uçakla

Türkiye'ye gitmesine ruhsat verdiler. Dualarla, gözyaşlarıyla uğurladık Abdurrahman Ağabey'i.

Havaalanından Aycan Hanım'la beraber yine hastaneye döndük. Eşyalarımızı toplayıp, ayrılacaktık. Ben evime gidecektim, o da yaşadığı şehire, Gökçetav'a... 18 gün heyecanı, endişeyi, korkuyu, üzüntüyü, acıyı, umudu beraber solukladığımız hastanenin merdivenlerini çıkarken ona bizim için yaptıklarını asla unutmayacağımızı, kendisini daima minnetle anacağımızı söyledim. "Hiç önemli değil", dedi. "Ben sizin için değil kendimiz için yaptım ne yaptımsa."

Tam zamanıydı. Merakımı gidermenin, bu işin sırrını çözmenin tam zamanıydı;

"Sahi" dedim, "Aycan Hanım. Niye yaptınız bütün bunları? Niye bu kadar fedakarlık? Babanız, kocanız, kardeşiniz ya da oğlunuz değil ki Abdurrahman Ağabey. Bunca zorluğa niçin tahammül ettiniz?"

Bu arada odadaki birkaç parça eşyamızı da bir çantaya doldurmuş, işimizi bitirmiştik.

Aycan Hanım, 18 gün oturduğu yatağın ayak ucuna ilişti yavaşça... Başını iki yana salladı. "Siz bizim için Türkiye'nin ne demek olduğunu bilmiyorsunuz" dedi hayıflanarak ve anlatmaya başladı:

> Daha bağımsızlığımıza kavuşmamıştık. Devlet Gökçetav'dan bir sanatçımızı İstanbul'a gönderecekti. Giderken büyük bir tören düzenledik ona. Sonra da dönüşü için gün saymaya başladık. Almatı'ya ne zaman geleceğini, Almatı'dan Gökçetav'a hangi trenle döneceğini öğrendik. Şehir ayağa kalkmış, sabırsızlıkla ayağı İstanbul toprağına değmiş sanatçımızı bekliyordu.
>
> Beklenen gün gelip çattığında, halk tren garına akın etmişti. Sanatçımız trenden inerken, kendisine tam 15 bin Gökçetav'lı "Hoşgeldiniz" diyor, el sallıyordu.

Hâlâ gözümün önünde. Ayağını yere basar basmaz yüzlerce kadın üzerine hücum etmiş, elbiselerini parçalamıştı. Zavallı adam, bir iki dakika içinde iç çamaşırlarıyla kalmıştı. Elbisesinden kopardıkları parçaları kadınlarımız bebeklerinin beşiklerine, giysilerine nazarlık diye taktılar.

O vakur, o soylu kadın daha fazla tutamadı kendini. Ağladı. İçin için ağladı... Ayağa kalktı. Bana döndü:

"Abdurrahman Bey bizim İstanbulumuzdur. O bizim umudumuzdur" dedi.

Bana hüzünle "Hoşçakal" derken yine başını iki yana salladı ve fısıldadı: "Siz Türkiye'nin bizim için ne demek olduğunu bilmiyorsunuz."

ŞOFÖR SÜLEYMAN

İğne-kuyu hesabı bir dünya kurulurken,
Bu uğura adanmış bir damla terim olsa.
İkinciler ilklerle cennete kurulurken,
Allah'ım, saflarında benim de yerim olsa.

A. T.

Onu burada tanıdım. Ama yüreğime sorarsanız, onu burada değil de Anadolu'nun şimdi hatırlayamadığım bir köşesinde, çok ama çok uzun seneler evvel tanımış ve nice zaman sonra Almatı'da karşımda bulmuştum. O kadar eski ve o kadar yakın.

Süleyman şoförlük yapıyor. Bir Ahıska Türkü. Ama buram buram Anadolu kokuyor. Ya da Anadolu buram buram Süleyman... Süleyman bir Anadolu köylüsü gibi yiğit ama mahcup, cömert ve gözüpek.

Anadolu' yu okulların sinesinde ve simasında tanımış Süleyman. Anadolu insanının fedakarlığını, diğergamlığını, hamiyyetini, yaşamadan daha çok yaşatmaya vurgun olduğunu Kazakistan'da çiçek açan Anadolu Fidanları'nın heyecanlarından bellemiş. Karşılıksız, dupduru sevgiyi, "unuttuğunu da unutmayı" yolunun erkânı bilen delikanlıların yüreklerinden emmiş. Ve Anadolu'dan kopup gelen bir "Işık Hüzmesi"nin kapısına ve şoförlüğüne adamış kendini yıllar boyu... Göz yaşlarını, terlerini, dertlerini akıtmışlar atayurdun başak vermeye dem tutan topraklarına. Sevinç olup çağlamışlar, ıstırap olup ağlamışlar günlerce.

Geldiğim günden beri "Her an, her zaman emrinizdeyim. Gece-gündüz hiç değişmez. Koşar gelirim. Yeter ki arayın. Yeter ki sizin için bir şeyler yapayım. Ben yapmazsam kim yapacak? Ben elinizden tutmazsam, kim yardıma koşacak? Siz bizim için geldiniz, bizim için varsınız. Siz bizim için yaşıyorsunuz" diye kimbilir kaç defa inledi?

Ve ben, haftada, bilemediniz 15 günde bir yüreğinin bu coşkunluklarını ruhuma boşaltmayı borç bilen Şoför Süleyman'ın ışıl ışıl gözlerine dalıp giderken, Orta Asya'nın bereketli topraklarına ve bize hasret yüreklerine Türkiye sevdasını mayalayan bu okulları bir türlü anlatmayı beceremediğimiz bir bölük insanımızı düşünür "Ah keşke onlar da Şoför Süleyman'ı tanısalardı" diye hayıflanırım.

Ah bir bilseler ve ah bir bilseniz burada o kadar çok Şoför Süleyman var ki...

TILSIM

Yedi rengi güneşin ümitvar bakışlarda,
Ne siner ne solarlar gecelerde, kışlarda.
İnançla gerilirler aşılmaz yokuşlarda,
Yarınları soluyan âtînin mimarları.

A. T.

Anadolu'dan ayrılalı henüz birkaç ay olmuştu. Doğrusu ayrılığın kendisine bu kadar dokunacağını tahmin etmemişti. Unutacağını hiç sanmadığı geçen güze ait bütün motifleri takıp takıştıran o kış akşamında, şehir istasyonunun hüzünlü dekorunda sevdiklerine son defa sarılıp ayrılmak, tırnağının etinden sökülmesine benzer bir acı yaşatmıştı ruhuna. Ayrılık hüzünlü olmuştu...

Şimdi çok uzaktaydı; kitaplardan, destanlardan, masallardan bildiği topraklarda, soy soylayan, boy boylayan Dede Korkut diyarı'nda, Anadolu'ya ruh veren Yesevî'nin ülkesinde... Korkut Ata'nın masallarındaki öze, Yesevî' nin eserlerindeki manaya bağlılığın ifadesi olarak buralara açılan, artık sağır sultanın bile ezberlediği okullar için gelmişti. 21. yüzyılın "düşmanlarınca korkulan, dostlarınca örnek alınan" Türkiye'sinin oluşmasına katkıda bulunduğuna inandığı okulların emrinde, bu kutsal amaç için ter akıtmak istiyordu. İhtiras kıvamında bir istekti bu.

Şubat'ı utandırmayan bir kış yaşanıyordu. Bulunduğu vilayetin kışını Erzurum'un kışına benzetiyordu tanıdıkları. Kışın hatırı sayılıyordu sahiden. Ama biraz sonra bineceği uçakla, bir okul ziyareti için gideceği yerin, "yazın bayıltan güzelliği, kışın ise öldüren ayazıyla" namlı bir yer olduğu söyleniyordu. O ise "Bundan daha beter ayaz nasıl olur?" diye söyleniyordu...

Gerçekten kendisine bunca yıl hizmet eden bedeni hiç böyle bir soğukla tanışmamıştı bugüne kadar. Gözleri bu kadar kar beyazını hiç bir arada görmemişti. Uçaktan inip taksiye bininceye kadar geçen kısa sürede, donmak sûretiyle ölünebileceğine, işte o zaman inandı. Okulu geziyorlardı. Mahdut imkânları, buraların söyleyişiyle "hararetin eksi kırk derecede seyretmesi"ne rağmen çalışmayan kaloriferleri, yanmayan ve ne zaman geleceği belirsiz elektriği görünce bir an "yaşanmaz burada" diye isyan etti içinden. Gözü, gönlü, aklı çevresinde heyecanla pervane olan arkadaşlarına takıldı. İmrendi onlara... O eski binayı cümle olumsuzluklara rağmen yepyeni bir aşkla okul kılan, sevgi mesaisi yapan arkadaşlarına gıpta etti. Nasıl tahammül ediyorlardı acaba? Bükülmeyen bu sabır gücünü nereden buluyorlardı? Gözleri parlıyordu hepsinin. Ateş gibiydiler. Tepeden tırnağa azim, serapa umuttular. Neydi bu işin tılsımı?

Gün akşama dönerken misafir edileceği eve hareket ettiler. Türkiye'den gelip üniversitede okuyan, okulda da belletmenlik yapan gençler tarafından ağırlanıyorlardı. Dışarıdaki ayaza inat etrafını sımsıcak bir sevgi halesi kuşatmıştı. Biraz sonra elinde çay tepsisiyle kapıda bir delikanlı belirdi. Uzuna yakın boyu, düz kızıla çalan saçları, masmavi gözleriyle buraların çocuğuydu. Çayı kendisine doğru uzatırken, ferah ve serin bir gülücüğe sarıp-sarmaladığı pürüzsüz sayılabilecek bir şive ile; "Ben Türkçe biliyorum" dedi. Şaşkınlığını kapamaya uğraşan bir tebessümle, "Biraz konuş o zaman" diye cevapladı. Gündüz okulu gezerken kapıldığı düşünceleri keşfetmişçesine, masmavi bakışlarını gözlerine mıhlayıp "İstemez misin?" dedi çocuk; "Dünya onların ahiret bizim olsun". Afalladı. Kelimenin tam anlamıyla afalladı. Sanki ayıbı yüzüne vurulmuş gibi bütün hücrelerinin utanç kesildiğini hissetti. Arkadaşlarının sabır gücünün tükenmez kaynağı, işte tam karşısındaydı. Haykırdı içine doğru, avaz avaz haykırdı:

"Asıl buralarda yaşanır, asıl buralarda yaşanmalı."

Artık hüzün çok geride kalmıştı.

RÜYADAKİ KIZ

Kuduran bir denizde benziyorum şikâre
Görebilseydi seni ejderhalar, Gülnâre
Gözlerinden fışkıran yanardağlar sönerdi,
O ısırgan bakışlar balmumuna dönerdi.

N. GENÇ

Gece yarısı eve dönen Yusuf Bey, yorgunluktan bitkin bir vaziyette kendini yatağa bıraktı. Daha başını yastığa koymadan uykunun derinliklerinde kaybolup gitti.

Kazakistan'daydı nihayet. Oğlunu askere uğurlar gibi gururla salâvatladığı atayurtta. Gençliğinin oralara ait ateşini hasret türküleriyle serinlettiği atayurtta.

Göz alabildiğine uzanan yemyeşil bir vadideydi tek başına. O yemyeşil vadiyi, asırlık ağaçlarla yemyeşil, gür bir orman çevreliyordu. Herhalde bu cennet köşesine pikniğe gelmiş olmalıydı.

Yeşilin bütün tonlarını takmış takıştırmış vadide aheste aheste yürüyor, tertemiz havayı ciğerlerinin en ücra köşesine kadar çekiyordu.

Vadinin büyüleyici güzelliğine kendisini kaptırmış gezerken, karşısında nereden çıktığını kestiremediği 13-14 yaşlarında bir kız çocuğu belirdi.

Yusuf Bey âdeti üzere selam verdi. Hafif çekik gözlü, elmacık kemikleri az çıkık, siyah saçlı, zeytin gözlü kız narin bir hareketle cevapladı selamını...

Koca vadide tek başına dolaşan kız meraklandırmıştı Yusuf Bey'i. Sordu:

– Adın ne kızım senin?

– Nurgül Sarıyeva.

– Nurgül?

– Nurgül Sa-rı-ye-va.

– Öğrenci misiniz?

– Evet öğrenciyim. Akmescit Kazak-Türk Kız Koleji'nde okuyorum.

– Ama ben Akmescit'in biraz çorak ve çıplak tepelerden oluştuğunu duymuştum. Buralar ise yeşilmiş.

Nurgül, kendi gibi şirin, yumuşacık sesiyle giderdi Yusuf Bey'in merakını:

– Biz burada piknikteyiz. Buralar yemyeşil. O çorak ve çıplak tepeler şu dağların arkasında. Okulumuz da o tarafta. İsterseniz gelin sizi oraya götüreyim. Müdürümüz buna çok sevinir.

Bu sözlerle Yusuf Bey'i okuluna davet eden kız birden ortadan kayboldu. Yusuf Bey sağına-soluna bakınırken bir yandan da kızın çok hoşuna giden ismini tekrarlıyordu:

– Nurgül Sarıyeva, Nurgül Sarıyeva...

Bu sırada, vadiyi dolduran bir zil sesi kaçırdı huzurunu. Kesilecek gibi de değildi ses. "Bu ses de ne oluyor?" derken gözlerini açtı. Emektar saatin sesiydi ve kendisine sabah olduğunun haberini veriyordu.

Enteresan bir rüya görmüştü Yusuf Bey. Gözlerini oğuşturur-ken bir yandan şaşkınlığını yenmeye çalışıyor diğer yandan da hafif çekik gözlü, elmacık kemikleri az çıkık, siyah saçlı, zeytin gözlü kızın ismini unutmamaya gayret ediyordu:

– Nurgül, Nurgül Sarıyeva...

Bu rüyadan bir hafta sonra Yusuf Bey, Kazakistan'daki oğlunun sipariş ettiği bazı kitapları alıp göndermek için kitapçıya uğradı. Kitapları ararken aklına rüyasında gördüğü Nurgül geldi. "Ona da buradan bir şeyler alsam" diye geçirdi içinden. Sonra da kendi kendisine itiraz etti. "İlginç adamsın Yusuf. Daha öyle bir kızın yaşayıp yaşamadığını bile bilmiyorsun." Vazgeçti niyetinden. Oğlunun söylediği kitapları alıp dükkândan çıkmak üzereyken, "Ya sahiden varsa, ya sahiden yaşıyorsa" diye mırıldandı. Tekrar döndü. Sevdiği kitaplardan bir paket yaptırdı. Paketin fiyatı, oğlunun siparişlerini gölgede bırakınca içindeki ses yeniden harekete geçti. "Aklını başına devşir Yusuf. Rüya ile amel etme". Kısa bir tereddüt safhasından sonra kararını verdi Yusuf Bey. Ne olursa olsun bu paketi gönderecekti.

Ne yapsa rüyasının etkisinden kurtulamıyordu. Birkaç gün sonra Kazakistan'ın Jambul Vilayeti'nde yaşayan oğlunun yardımıyla, Akmescit'te gerçekten bir Kazak-Türk Kız Koleji'nin bulunduğunu öğrendi. Telefonunu ve adresini aldı. Heyecanla numarayı çevirdi. Az sonra Müdür Bey karşısındaydı. Yusuf Bey heyecandan her şeyi unutmuş, "Nurgül Sarıyeva" diyebilmişti sadece..

"Anlamadım" dedi Müdür Bey.

Yusuf Bey toparlandı: "Hocam kusura bakmayın. Heyecanımı mazur görün. Nurgül Sarıyeva adında bir öğrenciniz var mı?"

Birkaç saniye süren sessizlik Yusuf Bey'e bir asır gelmişti. Müdür Bey:

"Evet, yanılmıyorsam var. Niçin sormuştunuz?" deyince dünyalar Yusuf Bey'in oldu.

Gördüğü rüyayı ve sonrasını anlattı bir nefeste. Hikâye bittiğinde çok uzaklarda, binlerce kilometre uzaklardaki Müdür Bey'in hıçkırıkları ahizeden Yusuf Bey'in yüreğine dökülüyor, Yusuf Bey'in gözyaşları da yanaklarını değil, hiç görmediği çorak ve çıplak tepeleri suluyordu.

10-15 gün sonra Yusuf Bey'in hediyesi Nurgül'e ulaştı. Nurgül hediyenin öyküsünü öğrendiğinde günlerce tesirinden kurtulamadı. Hiç görmediği insanı bir baba gibi sevdi. Nurgül de ona hediyeler gönderdi. Bu sevgi Akhisar'da ve Akmescit'te dilden dile dolaştı.

Bu rüyanın sekiz ay sonrasında Akmescit Havaalanı'nda orta yaşlı bir adamla 13-14 yaşlarında bir kızı sarmaş dolaş hıçkıra hıçkıra ağlarken görenlere, bu sevginin bir rüyanın sinesinde filizlendiğini anlatsalar, acaba ne kadar inanırlardı?

BİR BAŞARI ÖYKÜSÜ

HAMZALARA, ÖMERLERE, OSMANLARA, TAHİRLERE, YUSUFLARA, AHMETLERE...

> Gece okulun öğretmenlerinden biri bizi eve davet ediyor. Evin küçük kızı bir yaşındaki küçük Sakine. Bursa'daki dede ve nine daha torunlarını görmemişler.
>
> Ahmet KABAKLI

Heyecanlıydı. Bir o kadar da huzurlu. Biraz sonra üzerine titrediği, üç yıldır beyninin ve yüreğinin içindekileri harmanlayıp bir süt gibi içirdiği öğrencisi, "Respublika Olimpiyatları"nda[1] kazandığı birincilik ödülünü almak için sahneye çağrılacaktı.

Hislendi. Gözleri buğulandı. Renkler, şekiller flulaştı; birbirine karıştı. Daldı.

Çiçeği burnunda hanımıyla beraber havaalanındaki heyecanlarını hatırladı. Daha evleneli bir hafta olmuştu. İlk defa uçağa bineceklerdi. Birazcık korkuyorlardı işin doğrusu. Ayağı yere basmıyordu ki meretin.

Uçak, adeta ideallerinin kutsallığına denk bir yüksekliğe kanatlanmıştı. Bu yüceliğin gönderinde biribirlerine söz vermişlerdi. Birbirlerine olan sevgileri gibi buraya geliş amaçlarını da aynı aziz duygularla sevecekler, Anadolu'yu ve Anadolu insanını sevdirmek için yaşayacaklardı.

---

1. Respublika (Cumhuriyet) Olimpiyatları: Ülke çapında yapılan bilim olimpiyatları.

Ne de olsa gurbetti... Dil bilmiyor, çevreyi tanımıyorlardı. Etütler, öğretmen toplantıları, yurt nöbetleri derken haftanın üç-dört günü eve çok geç gelmek zorunda kalıyordu. Eşi, "akrebin" insanı saniye saniye sokan yalnızlık nöbetlerine yüreğini Anadolulaştırarak tahammül ediyordu. Türkiye'nin batısından Kazakistan'ın Kostanay'ına, insanın metabolizmasını tepetaklak edecek bir iklime gelmişlerdi. Çok soğuktu. Çok kar yağıyordu. Dışarı çıkamadıkları günler oluyordu. Bazen aradıkları şeyi bulamıyorlar, aradıkları şey ortaya çıktığında ceplerindeki şey ortadan kayboluyordu.

Kendilerinden bir parça kabul etmişlerdi bu sıkıntıları. Hallerinden hiç şikayetçi olmamışlardı. Bu sıkıntılarla sarmaş-dolaş, herşeylerini ellerinden geldiğince öğrencilerine vermeye çalışmışlardı. Çünkü onlar Kazakistan'ın geleceğiydi. Çünkü onlar Kazakistan'dı. İhmalinin, kusurunun faturasını yarın Kazakistan ödemek zorunda kalırdı. Bu atayurda vefasızlık Anadolu'ya ihanet olmaz mıydı?

İki senedir memlekete gitmemiş, gidememişlerdi. Birinde okulun "remontu" (tadilat) için kalmışlardı. Diğerinde ise "Aybike"leri katılacaktı aralarına. Anasız babasız kaç bayram geçmişti aradan, unutmuşlardı neredeyse. Hislerine hakim olamadı. Yanaklarında bahar yağmurları vardı şimdi. Olacaktı ya... Dün Aybike'sinin yaşgünüydü, bugün de evlilik yıldönümleri. Bu program için üç gündür Almatı'da olduğundan, ne bir çikolata alıp çocuğunun yanaklarına öpücük kondurabilmiş, ne de hanımına bir demet çiçek verebilmişti.

Düşüncelerinden, öğrencisi Almas anons edilince sıyrıldı. Alkışlar öğrencisi içindi. Öğrencisinden sonra sahneye "Başkan" çağrıldı. Bir alkış da onun için koptu. "Başkan" konuştu, alkışlandı. Alkışlandı, konuştu. Sonra "Başkan" armağanını verdi öğrencisinin. Bir daha alkışlandılar. En fazla o gurur duyuyor, o alkışlıyordu.

Ama hiç kimse dün onun Aybike'sinin birinci yaşgünü, bugün de evliliklerinin beşinci yıldönümü olduğunu bilmedi.

Onunsa sevinç ve hüzün gözyaşları birbirine karıştı.

Kimbilir belki kendisi de farkında değildi ama, onun ve onun gibilerin gözyaşları aydınlık bir geleceğe bengisu oluyordu.

BİR ÜVEYİK'İN GÜNLÜĞÜNDEN

Çocuklar dinledikleri ninnilerin rüyasını görürler.
M. Selahattin ŞİMŞEK

4 Ağustos 1996, Pazar

Yarın ailemden, arkadaşlarımdan, memleketimden ayrılıyorum. Daha önce hiç ayrılmadım değil. Ama bu defaki farklı. Şimdi binlerce kilometre uzağa gidiyorum. Biraz heyecanlı ama daha çok tedirginim. Bilmiyorum ama en fazla iki yaşındaki kardeşimi özlerim herhalde.

6 Ağustos 1996, Salı

Doğrusu ilginç bir ülke. Caddelerin bu kadar geniş, şehrin bu kadar yeşil olduğunu hiç tahmin etmiyordum. Ama binalar eski. İnsanlar mı? Henüz tanıdığımı söyleyemem.

19 Ağustos 1996, Pazartesi

Üniversiteye kaydımı yaptırdım. Bu arada buradaki Kazak-Türk Lisesi'nde belletmenlik yapacağım. Müdür Bey'le görüştüm. Diğer öğretmen abilerle de tanıştım. İlk dikkatimi çeken şey, burayı çok ama çok sevmeleri oldu. Ben de onlar gibi alışabilecek, onlar kadar buraları sevebilecek miyim acaba? Kardeşim Feride, bilsen seni ne kadar özledim. En çok da burnumu ısırmanı.

2 Eylül 1996, Pazartesi

Okullar açıldı, eğitim başladı. Bugün kendilerine yardımcı olacağım öğrencilerle tanıştım. Hepsi hazırlık talebesi. Nasıl çekingen, nasıl ürkektiler bugün. Anne tavuğun peşinde ilk defa dışarı çıkan civcivler gibi.

12 Eylül 1996, Çarşamba

Bir şeyi hergün daha iyi anlıyorum: Çok dikkatli olmalıyım. Çocuklar cin gibi. Gözleri hep bende. Hele de Bahıtcan. Aman Allah'ım o nasıl sevimli bir yüz. Gözlerinde zekânın pırıltıları oynaşıyor. Fakat hareketlerine anlam veremiyorum. Bazen çok neşeli, bazen çok durgun, kimi zaman da çok hırçın. Ama birbirimizi sevdik galiba.

16 Eylül 1996, Pazartesi

Bugün üniversiteye başladım. Benimle beraber dört Türk arkadaşız aynı bölümde. Hasan'la uçakta tanışmıştım. Ali ve Levent'le bugün fakültede.

Akşam etütte çocuklara yardımcı olurken söz anne-babadan, aileden açıldı. Ben de zaten özlem dizboyu. Anne-babalarımızın, kardeşlerimizin bizler için en büyük nimet olduğunu anlattım çocuklara. Onlara ömür boyu sevgimizi, saygımızı göstermemizin gerektiğini söyledim. Zaten duygusalım. Gözlerimin buğulandığını, sesimin titrediğini, genzimin düğümlendiğini belli etmemeye çalıştım, ama başaramadım.

20 Eylül 1996, Cuma

Çok üzgünüm. Moralim allak-bullak. Terlik alışkanlığı kazanabilmek için annemden daha çok titizlenen halamın buraya gelirken özellikle aldığı kahverengi deri terliklerim kayboldu. Nerede çıkardım, birisi mi aldı? Bilemiyorum. Hasılı keyfim kaçık.

22 Eylül 1996, Pazar

Bugün çocuklarla okulun arka tarafındaki koruluğa pikniğe gittik. Saat dokuzda okulun önünde sözleştik. Tam vaktinde geldim. On dört kişiyi otuz beş-kırk dakika bekleten afacan Azat'a sözde durmanın önemini anlattım. Verdiği sözü tutamayan insanlara kimsenin güvenmeyeceğini, güvenilmeyen insanın sevilmeyeceğini ifade ettim. Herkesin içinde değil tabi. Piknikte beraber yürüme bahanesiyle. Arkadaşlarının arasında mahcup etmediğim için sevindi.

26 Eylül 1996, Perşembe

Bugün ilginç bir şey oldu. Buranın elması meşhur. Okulumuza gelirken bir sürü elma bahçesinden geçmek zorundasınız. İri ve sulu elmalar. Yanımda öğretmen Yavuz Abi, ben ve bizim hazırlık sınıfından sekiz-on çocuk akşam sporu yapıyoruz. Koşuyoruz. Yarım saatten fazla koştuk sanırım. Bayağı yorulduk. Dönerken de dinlene dinlene, konuşa konuşa geliyoruz. Bu arada, ağaçlarının dalları elmalardan kırılıyormuşcasına bereketli bir bahçenin yanından geçiyoruz.

Çocuklardan biri "Haydi elma toplayalım!" diye atıldı. Diğer çocuklar da bu teklife "hurra" çekti. Tam bahçeye hücuma geçeceklerdi ki, Yavuz Abi, "Bir dakika çocuklar, elma bahçesi bizim değil. Sahibini bulalım, izin isteyelim. Olmazsa paramızla alalım. Bizim olmayan şeyi kendi malımız gibi nasıl alabiliriz?" deyince çocukların hevesleri kursaklarında kaldı.

Öğretmenimiz, bahçenin içinde bahçıvan mı bekçi mi olduğu halinden belli olmayan birisini buldu. Konuştu. Çocukları gösterdi. Sonra da ikisi en yakın ağaçtan bir torbaya elma topladılar. Beraberce gelip hepimize ikram ettiler.

Çocuklar işin böylesinin daha güzel olduğunu anlamışlardı. Hepimiz mutlu olmuştuk.

9 Ekim 1996, Çarşamba

Acı bir sürprizle karşılaştım bugün. Yatakhaneleri dolaşıyoruz. Temiz mi, düzgün mü? En güzeli hangisi? Her hafta birinci olan yatakhaneyi ödüllendiriyor, okulun flaması ile Kazakistan'ın bayrağını bir hafta boyunca kutsal bir armağan olarak o yatakhaneye asıyoruz. Bayrak bilinci de gelişiyor böylelikle. Çok tuttu bu. Altıncı yatakhaneyi yani benim yardımcı olduğum sınıfın yatakhanesini gezerken, gözüm kapının yanındaki ranzanın altından dışarıya sarkan bir bavula ilişti. Düzgünce yerleştireyim diye elime aldığımda, kilidi bozulmuş herhalde ki kaldırınca kapağı açıldı. İçindekiler yere döküldü. Yerde halamın hediyesi "kahverengi deri terliklerim" bana bakıyordu. İşin kötüsü bavul benim en sevdiğim Bahıtcan'ın bavuluydu. Şaşkınlığım biraz geçince bavulu ilk gördüğüm biçimde bırakıp yatakhaneden çıktım. Nasıl üzüldüm anlatamam. Gerçekten acı bir sürpriz, değil mi?

12 Ekim 1996, Cumartesi

Öğretmen Yavuz Abi'yle görüştüm. Çocuğun ailesini ziyarete karar verdik. Aile ortamını görmek, tanımak istiyorduk. Tabi Bahıtcan'a hiçbir şey hissettirmedim. Bahıtcan kendisini çok sevdiğimi biliyor. Ailesiyle tanışmak istememden hiç şüphelenmedi.

Neyse... Yavuz Ağabey'imle beraber gittik. Annesi çok cana yakındı. Halama benzettim onu. Babası ise biraz soğuk bir tip. En acısı alkol bağımlısıymış. Sürekli içiyormuş. Sık sık Bahıtcan ve kardeşini azarlayıp, dövüyormuş. Bunu öğrendiğim zaman hem üzüldüm hem de Bahıtcan'ın gel-git gibi değişkenlik gösteren tavırlarının nedenini biraz daha iyi anladım. Tabi o meseleden, biz ailesine hiç söz etmedik.

Ha unutmadan, ilk defa "beşparmağı" Bahıtcanlar'da yedim.

17 Ekim 1996, Perşembe

Bugün buraları çok merak eden Hakan'a (liseden sınıf arkadaşım) e-mail gönderdim: "Hani sen her güzel şey için; anlatılmaz yaşanır, derdin ya. Buralar da işte aynen öyle..."

23 Ekim 1996, Çarşamba

Dünyanın en mutlu insanı benim. Terliğim geri geldi. Bu sabah kaldığımız lojmanın kapısında buldum. İçinde ömür boyu tatlı bir hatıra olarak saklayacağım şu notla beraber. "Ağabey, terliğin çok hoşuma gidiyordu. Aldım. Biraz giydim. Şimdi geri veriyorum. Kusura bakmayın. Lütfen hakkınızı helal edin. Teşekkür ederim."

Siz de en az benim kadar mutlu oldunuz değil mi?

KAPI KOMŞUSU

Hatırasıdır çocukluğumun
Tahta atım, dedemin rahlesi,
Şimdi tahtım, bahtım ve huzurum
Bilirim
Onun rahlede titreyen sesi.

A. T.

Şehabettin Bey, Anadolu'dan atayurda hicret edeli iki yıl olmuştu. Birbirinden güzel iki sene geçirmişti ceddinin topraklarında. Hayatın akışı içinde, zaman zaman kimi sıkıntılarla burun buruna gelse de mutluydu buralarda.

Yalnız, Şehabettin Bey iki-üç aydır bir şüphe ve endişenin pençesinde gergin günler yaşıyordu. Oturduğu apartmandaki kapı komşusu orta yaşlı kadını birkaç defa pür dikkat kapılarını dinlerken görmüştü. Görmüştü görmesine de, görmezden gelmeyi tercih etmişti. Farkedildiğini anlayan kadın da, her seferinde aşırı panikleyerek Şehabettin Bey'in şüphe ve endişelerini tetiklemişti.

Ne arıyordu bu kadın kapılarının önünde? Neyin peşindeydi? Allah var, bu güne kadar hiçbir kötülüğünü görmemişlerdi ama kapı komşusunun bu davranışına da bir anlam veremiyordu. Açıkça sorsa mıydı acaba?

Yoğun bir iş gününün yorgun akşamında eve gitmek üzere işyerinden yola çıkan Şehabettin Bey bir taksi durdurdu. Gideceği yeri söyleyip, parada anlaştıktan sonra arabaya bindi. Biner binmez de kapı komşusu geldi aklına.

Apartmanın asansörünün önünde beklerken de hâlâ kapı komşusuyla uğraşıyordu. Acaba orada mıydı? Eğer yine oradaysa, sert bir sesle "Ne istiyorsun?" diye sormayı geçirdi içinden. Vazgeçti sonra.

Asansör altıncı katta durdu. Açılan kapıdan önce Şehabettin Bey'in başı uzandı dışarıya. Meraklı gözlerle baktı kapıya. "Oh" dedi. "Yok işte. Fazla mı evham yapıyorum yoksa?" diye fısıldadı. "Neyse" dedi. Zili çaldı.

Yemekte Şehabettin Bey'in gözlerine eşinin tereddüt kokan hareketleri takıldı. Sordu:

– Bir şey mi diyeceksin?

– "Bunu da nereden çıkardın?" diye cevapladı eşi.

– "Ne bileyim?" dedi Şehabettin Bey, "Sanki bir şey diyeceksin de söyleyemiyormuşsun gibi bir havan var da".

– "Doğrusunu istersen evet" dedi hanımı, inceldiği yerden kopsun der gibi. Ve Şehabettin Bey'in şüphe ve endişelerini ateşleyen cümleyi nefesledi. "Kapı komşumuz" dedi, "kapımızı dinliyor."

Şehabettin Bey de karısına aynı şeyleri söyleyecekti ki zil çaldı. "Ben bakayım" diye kalktı Şehabettin Bey.

Gelen kapı komşuları kadındı. Kadın titrek bir sesle;

– "Özür dilerim Şehabettin Bey" dedi. "Size ne zamandır bir şey söylemek istiyorum."

– Buyurun söyleyin.

– Şu teypte çalan kaseti isteyecektim de. Bu kasetteki seste ne varsa, inanın benim ruhumu temizliyor. Bambaşka dünyalara götürüyor. Her tarafım huzur doluyor. Ninemi hatırlıyorum. Sizden habersiz kapınızın önünde ne kadar dinlediğimi, dinlerken ne kadar gözyaşı döktüğümü bilemezsiniz. Bana o kaseti ödünç verebilir misiniz?

Şaşırdı Şehabettin Bey. "Ta.. tabi" dedi, kekeleyerek. Evde hemen her zaman açık olan teybi kapattı. İçinden kaseti çıkardı. Kasetin üzerinde "Abdüssamed-Kısa Sureler" yazılıydı.

KARDELEN TEBESSÜMÜ

İsimsiz kahramanlar kuruldu kavşaklara,
Zamanın gırtlağına vuruldu boyunduruk.
Gül kokulu atmosfer gelecek kuşaklara
Buldu havarisini sahipsiz boyunduruk.

A. T.

Bir kralın, oğluna armağan olması için kurduğu koca bir şehirdi Pavlodar…

Genç adamın yolu, kutup gölgesinin vurduğu bu şehre bir Ramazan günü düştü; sert bir kışın hayatı esir aldığı bir Ramazan günü…

Buraya *Kırık Mızrap*'ın bestelediği bir ülküye gönlünü kaptırarak kutupları soluklarıyla eritmeye and içmiş, Anadolu'da kader birliği yaptığı arkadaşlarının hatırını sormaya gelmişti.

Genç adam, hayatındaki en lezzetli, en doyumsuz ve bir ömür unutacağına asla ihtimal vermediği sahuru burada yaşayacağını nereden bilebilirdi ki.

Koca şehrin "küçük bir evinde," yere serilmiş bir sofra bezinin etrafında dört kişiydiler. Onun gözleri, bu evdeki sofralara yeni bağdaş kurmaya başlamış sarışın delikanlıdaydı… Genç adam sofradaki çayı, ekmeği, peyniri bırakmış gönlüyle, gözüyle onu yiyordu. Ne kadar da evden, sofradan çaydan bir parçaydı bu çocuk. Daha fazla dayanamadı ve sordu: "Seni bu evdeki arkadaşlara bağlayan ne? Niçin buradasın?"

Delikanlı gözleri pırıl pırıl, dilinin yeni âşina olduğu Türkçesi ve titreyen sesiyle can evinden vurdu genç adamı:

"Benim bir ağabeyim vardı: Talha. O bana hep gülerdi. Ama o kadar güzel gülerdi ki. Ben bu gülüşü çok sevdim."

Ha ağladı ha ağlayacaktı delikanlı:

– Benim bir Remzi öğretmenim vardı. Ben yanında olduğumda benden başka herşeyi unuturdu sanki. Sanki dünyada bir ben, bir o kalırdı. Sanki onun dünyası ben olurdum. Ben beni düşünen, benim için üzülen, sevinen böyle birini arıyormuşum meğer.

Bir kralın oğluna armağan olması için kurduğu koca şehrin "küçük bir evinde," sarışın delikanlı yüreğini bir "Talha gülüşüne" ve "diğergamlığı karakterinin Remzi olana" verdiğini söylüyordu. Genç adam bir kez daha, aydınlık bir geleceğe giden yolun tebessümlerle döşeneceğine tanık oluyordu... Ne pahasına olursa olsun sinesi ve siması tebessüm gamzedenlerin ancak diğergamlar olabileceğini iliklerine kadar bir defa daha yaşıyordu. Ve bir daha anlıyordu ki, otağımızı yüreklere kurmanın yolu, yürekleri bir minder gibi muhataplarımızın altına sermekten geçiyordu..

Genç adam ertesi gün, Anadolu insanının, şehrin çehresine bir gamze gibi kondurduğu, iki ülkenin mazisine ve ortak geleceğine beslediği duygularının kristalleştiği okulu gezerken bir şeyler yazması için eline tutuşturulan defterin son yaprağındaki yazıyı okudu ve altına sadece kısa bir cümle ekledi:

Herşeyin ve hemen herkesin kara, buza, ayaza beyaz bayrak çektiği; soğuğun ve soğukluğun ruhları esir aldığı; hayata açılmanın ve hayattar olma vasfının buz kestiği ve "garip" olma kavramının bütün uçlarıyla yaşandığı bir iklimde çevresinde halelendiğimiz her okul bir kardelen çiçeğidir.

Ve "her kardelen çiceği baharı haykıran bir umut türküsüdür."

ŞEHİDE AĞIT

YASİN'E, CENGİZ'E, ABDULLAH'A, SADIK'A, YAŞAR'A VE DİĞERLERİNE...

Kendi varlığını bile gayesine adayabilen insan iradesine karşı hiçbir şey direnemez.

Benjamin D'ISRAELI

Ölümün ne denli "içimizde" ve ne kadar "yanı başımızda" olduğunu göstererek geçip gittin...

Dünyanın ne denli "aldatıcı" ve ne kadar "yalan" olduğunu ders vererek göçüp gittin...

Dünyaya ait bütün sevgi ve lezzetlerin, özünde ne denli "buruk" ve ne kadar "yarım" olduğunu anlatarak veda edip gittin...

"Madem ölümün bizi nerede, nasıl ve ne zaman beklediği belli değil, o halde insan ölüme her an hazırlıklı olmalı ve hazır beklemeli" gerçeğini ardında tertemiz bir bahar bırakarak belletip gittin...

"Doğduğunda etrafındaki herkes gülüyor fakat sen ağlıyordun. Öyle bir hayat yaşadın ki, öldüğünde çevrendeki herkes ağlıyor ama sen gülüyordun." Sen böyle öldün.

"Bâkî kalan bu kubbede hoş bir sadasın" sen şimdi. Ve sen şimdi bu yolun erkânına başkoyanlar için, hikâyesi dilden dile dolaşacak bir masal kahramanısın.

Ve sen şimdi gönlü ilhama açık olanlar için bir hüzünlü şiir, bir yanık türkü ve bir sonsuz bestesin.

Ve sen şimdi geride bıraktıkların adına, uğruna baharını verdiğin değerlerin bayraklaşması için ruhu göklerle irtibatlıların duyup doyduğu bir reddedilmez yakarışsın...

Ve sen şimdi bayrak sevgimizin, ülkemize hizmet aşkımızın, milletimizden aldıklarımızı yine ona verme bilincimizin hudut taşısın.

Ve sen şimdi atayurdumuzun anayurdumuzla vuslata ermesi, iki ülkenin yine, yeniden ve ilelebet kucaklaşması davasında kalbimizde büyüttüğümüz umutlarımızın, akıttığın kan gibi içten hicranına döktüğümüz gözyaşı kadar sıcak lisanısın...

Ve sen şimdi içimizde beslediğimiz, asaleti bayraklarımızın taşıdığı derin anlama sadık olmasından kaynaklanan bu hayallerimizin şehre hakim bir tepeye Alatav'ın eteklerine kazınmış tapususun...

Çünkü sen Yasin, çünkü sen Cengiz, çünkü sen Sadık, çünkü sen Yaşar' sın.

Ve ben seni ilk gördüğüm düşümde sitemle soracağım sana:

Ölecek miydin tam da söyleyecek çağında
Hizmet türkülerinin hasreti dudağında...

Gerçi bana ne cevap vereceğini de çok iyi biliyorum ya:

Bir bahçedeyiz şimdi şehidlerle beraber
Bizler gibi ölmüş o yiğitlerle beraber.

Lakin, bıraktık yattığımız toprağa bizden
Şimşek gibi bir hatıra nal seslerimizden...

Ne diyeyim, ruhun şad olsun şehidim...

19 Şubat 1999

KANLI BALTA

Garip geldik gideriz rafa koy evi-barkı
Tek, dudaktan dudağa geçsin ölümsüz şarkı

N. Fazıl KISAKÜREK

"Eee, daha fazla nazlanma da, anlat artık şu meşhur hikâyeni Gürsel Abi," dedi genç adam.

Gürsel Bey heyecanlı bir hatıranın kahramanı olmaktan mutlu, elindeki çaydan iştahla bir yudum aldıktan sonra;

"Peki hocam" dedi. "Madem bu kadar ısrar ediyorsun..."

Gürsel Bey usta bir meddah gibi, meraklı gözlerle kendisini izleyenleri uzunca bir süzdü ve anlatmaya başladı:

– Rabbim nasip etti, atayurda ilk göçenlerden olduk. Sene 1993. Yanılmıyorsam aylardan da Ağustostu. Koca şehirde topu topu bir avuç insanız. Hep beraber cennet günleri yaşıyoruz sanki.

Neyse lafı çok uzatmayalım. O zamanlar et çok ucuz. Biz de üç-beş arkadaş bir araya geliyor, üç-dört koyun kesiyoruz. Hem bize bir hafta sonu eğlencesi çıkıyor, hem de et işini toptan halletmiş oluyoruz. Bunun için de genellikle Issık kasabasına gidiyoruz.

Arkadaşların arasında tek araba sahibi fakir olduğu için de bu iş genelde benim üzerime kalıyordu. Ben de o günlerde "Nasıl olsa bu iş hep bana düşüyor. Madem öyle, işi bihakkın eda edelim" düşüncesiyle etleri kesip parçalamada kullanacağım güzel, büyük ve keskin bir balta aldım.

Et ihtiyacı zuhur eder etmez de bizim takayla beraber doğru Issık'a yollandım. İyi hatırlıyorum, o gün dört tane koyun kestik. Hayvanları boğazladıktan sonra güzel, büyük ve keskin baltamla bir güzel parçalayıp takanın bagajına doldurdum etleri. Şehre gelip dağıtımı da tek tek yaptıktan sonra yorgunluktan perişan bir vaziyette kendimi eve attım.

Ne kadar tedbir de alsam, takayı kızdırmamak için titiz de davransam arabanın bagajı berbat olmuştu. Her taraf kan içindeydi. Benim de parmağımı kımıldatacak halim kalmamıştı. Onun için temizleme işini mecburen yarına bırakmıştım.

Ertesi gün malesef geç kalkmıştım. Önceden Bayram Bey'le planladığımız programa da bu yüzden geç kalmıştım. Ne takanın bagajını temizleyebilmiştim, ne de ilk sınavından başarıyla çıkan güzel, büyük ve keskin baltamı.

O gün, gece saat 10-11'e kadar dolaştık Bayram Bey'le. Yorgunluktan bitap düşmüştüm. Neyse programı bitirmiş, Bayram Bey'i evine götürmüştüm. Bayram Bey "İyi geceler Gürsel'im" deyip tam arabadan inecekti ki "Eyvah Gürsel'im, hakkını helal et unuttum. Bizim öğretmen arkadaşlar Aksay'da beni bekliyorlar. Onlara da söz vermiştim. Oraya gitmemiz lazım" deyince "Hoppala" dedim içimden. "Bu da nereden çıktı şimdi."

Bayram Bey çaresiz gözlerime bakıyor, bense gözkapaklarımla savaşıyordum:

"Hocam, vallahi çok yorgunum. Gözlerimi açamıyorum" dedim her nasılsa. "Bizi bekleyenlerin hatırını kırmasak iyi olurdu" dedi Bayram Bey. Benim isteksizlik manasında sessiz kaldığımı görünce de:

"Peki Gürsel'im sen bilirsin" dedi ve "İyi geceler" dileyip ayrıldı. Başka çaresi de yoktu. Çünkü gideceği yeri tam olarak ben biliyordum.

"Allah'tan çok ısrar etmedi" diye sevinerek takayı gazladım.

Yolu tam yarıladığımda polislerin, elleri kalaşnikoflu askerlerin ve iri kıyım sivillerin yolu trafiğe kapattığını, gelen-giden bütün arabaları durdurduklarını gördüm. Yolun sağında solunda otuz-kırk araba birikmişti ve sırası gelen araba didik didik aranıyordu.

Daha önce de bir iki defa böyle bir aramaya tanık olmuştum. Muhtemelen yine silah gibi, eroin, esrar gibi şeyler arıyorlardı.

Ben kendimden gayet emin bir şekilde sağa yanaşıp sıramı beklemeye başladım. Nihayet on-onbeş dakika sonra genç bir Kazak Polis yanıma geldi. Arabayı arayacağını söyledi. Ben de bir an evvel bitirse de gitsem düşüncesiyle "Hay hay bavrum" dedim. "Ara tabii."

Nereden aklıma geldiyse, "Ne arıyorsunuz bunca kalabalık?" diye sordum. Polis, "Burada bir saat önce adamın biri baltayla birisini öldürdü. Biz de şimdi baltalı katili arıyoruz" deyince tepemden aşağı kaynar sular döküldü. Bir anda ağzımın kuruduğunu hissettim. Çünkü arabanın kanlar içindeki bağajını temizlemeye fırsat bulamamıştım ve en kötüsü güzel, büyük ve keskin baltamsa her tarafı kana bulanmış şekilde bagajın ortasında mostralık gibi duruyordu.

Durum çok vahimdi. Ya suçu bana yükleyip hapse atarlarsa. Ben ne yapardım o zaman. "Keşke" dedım. "Bayram Bey'le gitseydim. Belki de bunlar başıma gelmezdi."

Ama hayır, bütün yeteneklerimi kullanıp bagajı açtırmamalıyım diye düşündüm.

Başımdaki polisle kırk yıllık dostmuşuz gibi samimiyetle sohbete başladım. Fakat polis bütün himmetini ve gayretini arama işine vermiş, benim anlattıklarımı dinlemiyordu bile.

Bu arada arabanın içinin aranması bitmiş sıra bagaja gelmişti. Kesin ve keskin bir ifadeyle "Bagajı aç" dedi.

Yapacak hiçbir şey kalmamıştı. Başıma gelecekleri tahmin etmenin verdiği tarifsiz bir korkuyla bagajı açtım.

İşte ne olduysa ondan sonra oldu. Polis kanlar içinde yatan o güzel, büyük ve keskin baltaya "mal bulmuş mağripi gibi" saldırıp eline alınca etrafta bulunan bütün polisler, askerler, çam yarması gibi adamlar bir anda tepeme üşüştü. Arka tarafta kalanlar baltayı görmek için birbirlerinin üstüne çıkıyorlardı adeta.

Baltayı elinde tutan polis biyografi yazarlarına taş çıkartırcasına benimle ilgili sorular sormaya başladı:

– Kimsin; adın ne; nereden geldin; ne iş yapıyorsun; nerede oturuyorsun; kaç yaşındasın; ne için geldin?

Nihayet yarım saat ayak üstü sorguladıktan sonra ifademi yazılı alması için baltayı bulan genç Kazak Polis'le beni başbaşa bıraktılar.

Polise, "Şimdi ne olacak?" diye sordum. "Bagajdaki ve baltadaki kandan numune alacağız. Eğer söylediğin gibi koyun kanı çıkarsa ne âla, yok insan kanı çıkarsa o zaman hapı yuttun" dedi.

"Peki tahlil sonucu ne zaman belli olur?" dedim. Genç polis gayet rahat;

"Numuneleri Moskova'ya göndereceğiz. Üç ay, bilemedin altı ayda gelir", deyince.

"O zamana kadar ben ne yapacağım?" diye sordum korkuyla:

– Ne yapacaksın, hapiste bekleyeceksin elbette.

Aklım başımdan gitmişti. "Keşke" dedim "Bayram Bey'le gitseydim, odanın bir kenarında pisik gibi kıvrılıp uyusaydım. Bunlar başıma gelmeyecekti."

Artık son bir gayretle, yalvarırcasına genç Kazak Polis'in yüzüne baktım. Bütün ihlasımla:

"Bavrum" dedim. "Ben Türk'üm ve müslümanım. Adam öldürmek şöyle dursun, ben bilerek karıncaya dahi basmam. Hem ben gerçekten bir adam öldürmüş olsaydım buradan bir daha geçecek kadar aptallık yapar mıydım?" dedim.

Hiç olmayacak bir şey oldu. Caddedeki tansiyonun yüksekliğine göre asla tahmin edemeyeceğim bir şey. O "Türk'üm ve müslümanım" sözü genç Kazak Polis'in bana inanmasına, inanıp güvenmesine yetti. Elindeki güzel, büyük ve keskin baltamı bagajın içine fırlattı ve "Bavrum" dedi, "ben de senin bu işi yapmayacağını biliyorum. Çabuk arabana bin ve buradan uzaklaş".

Acele arabama bindim, kaçarcasına olay yerinden uzaklaşırken bir yandan da çocuklar gibi bağırıyordum:

"Allah'ım sana şükürler olsun. Allah'ım sana şükürler olsun."

"Yaa" dedi Gürsel Bey. "İşte böyle hocam. Bizim meşhur balta hikâyesi böyle işte."

GAYNİÇEVLER'DEN MEKTUP VAR

Diyebilirim ki, Orta Asya'da gördüklerim, yaşadığımız olanca olumsuzluğun ortasında toplumumuzun geleceğine olan güvenimi pekiştirdi.

Şahin ALPAY

Genç adam bu mektubu kaçıncı kez okuduğunu hatırlamıyordu. Son bitirişinde, teknolojinin dünyayı adeta işgal etmesinin hayatımızdan tadı bir başkasıyla doldurulamayacak birçok şeyi de alıp götürdüğünü düşündü. Makineleşmenin canına okuduğu, hayatımızdan kayıp giden lezzetlerden biri de mektuplar ve mektuplaşmalardı işte. Mektuplar artık birçokları için nostaljik bir figürden başka bir şey olmasa da, ona göre bir "yüreğin dünyası"nı yansıtmanın "en insanî" yollarından biriydi.

"Öyle olmasa bu mektubun bana bahşettiği saadeti, çoşkuyu ve zevki başka ne verebilir ki?" diye gülümsedi genç adam ve mektubu keyifle bir defa daha okudu.

Merhaba Sayın Başkan;

Size bu mektubu yazmamızın sebebi; oğlumuz İgor GAYNİÇEV'in başarılarıdır. Bizim İgor, Özkemen Kazak Türk Lisesi'nin 10. sınıf öğrencisidir. Bu yıl, ailemize çok büyük sevinç ve oğlumuz İgor'a gurur getirdi. Matematik dersinden bölge ve ülke olimpiyatlarında birincilik ve nihayet Kore'de yapılan Dünya Matematik Olimpiyatı'nda ikincilik ve güzel gümüş madalya. Ve biliyor musunuz, İgor bu başarılara sadece 15 yaşında imza attı.

Oğlumuz İgor, bu başarılarını çalışmasına, işinin uzmanı öğretmenlerine, özellikle kendisini olimpiyata hazırlayan İbrahim Bey'e borçludur. Oğlumuzun geleceğinin parlak olacağına inanmak istiyoruz. Çünkü onun gibi çocuklar genç cumhuriyetimizin geleceğidir.

Bu sevincimizle beraber, okulumuz hakkındaki duygu ve düşüncelerimizi de sizinle paylaşmak istiyoruz. Bu, Özkemen'de bulunan mükemmel bir eğitim kuruluşudur. Bölgemizdeki çocukların çoğu orada okumak istiyor, fakat liseye kabul sınırlı olduğundan çoğu bu fırsatı elde edemiyor. Lisede farklı milletlerden çocuklar okumakta. Fakat bu durum onların büyük bir aile olmasına engel değil ve okulumuzdaki bu hava diğer okullarla asla kıyaslanamaz. Öğretmen ve öğrenciler arasında karşılıklı anlayış, sıcaklık, yakınlık, karşılıklı sevgi ve saygı, merhamet, her çocuğun yaşamı ile ilgilenme... Lisemize işte bu hava egemendir. Bunun için çocuklarımız hafta sonlarında bile liseyi terketmek istemiyorlar. Lise onların ikinci evi oldu. Belletmenler ise çocuklarımız için sevinç ve kaygılarını paylaşabilecekleri, sırlarını anlatabilecekleri birer ağabey. Çünkü çocuklarımız bilirler ki, ağabeyleri her zaman onları anlar ve yardımcı olurlar.

Lise, 1993 yılından beri faaliyet göstermektedir. Fakat son bir-iki yıl içinde lise tanınmayacak şekilde gelişti; fizik ve kimya laboratuvarları modernize edildi, yeni bilgisayarlar, mobilyalar alındı, tepeden tırnağa tamirat yapıldı, okulun çevresi güzelleştirildi. Bütün bu değişiklikler için okulumuzun müdürü Hasan Hüseyin Bey'e ne kadar teşekkür etsek az.

Fakat mektubuma konu olan bütün bu olumlu ve güzel işlerin yanısıra belirtmeliyim ki, Özkemen Kazak Türk Lisesi sizden daha çok yardım ve ilgi bekliyor. Örneğin, çocuklarımızın bir spor salonuna ihtiyacı var. Belki o zaman çocuklarımız spor dalında da başarılar kazanacak, hem lisenin hem de devletimizin gururu olacak.

Mektubumuzu noktalarken, Kazakistan'da böyle okullar açtığınız, çocuklarımıza dünya standartlarında bir eğitim verdiğiniz için şahsınıza teşekkürlerimizi sunmak istiyoruz.

Saygılarla...

Gayniçev ailesi

VEDA

Şafak, 100 bin yıldız sönmeden sökmez.
Muhammed İKBAL

Genç adam onunla son defa Almatı'da görüşmüştü. Görüşmeleri pek hoş olmamıştı. Buruk ayrılmışlardı. Genç adam onu bir başka uzak diyardaki görev yerine ne kendi, ne de onun istediği gibi uğurlayabilmişti.

Aradan ne kadar bir zaman geçti hatırlayamıyordu. Bir sabah işyerine geldiğinde arkadaşları, "Ağabey, Erdal Bey vefat etmiş" deyince "Kırman mı?" dedi gayri ihtiyari. Duyduğu "Evet"le başı önüne düştü. Yüreği sızladı. O son, o sevimsiz görüşmeyi hatırladı ve "Kucaklaşmak mahşere kaldı" diye mırıldandı.

Bu acı haberi duyduğunun bir hafta sonrası Erdal Bey'in Almatı'da görev yaptığı okuldaki arkadaşlarından biri, genç adama bir zarf getirdi. "Ağabey" dedi titrek sesiyle, "Erdal Bey'in öğrencileri ona ve eşi Çiçek Hanım'a mektup yazmışlar. Bu mektupları okulun duvar gazetesinde arkadaşlarıyla paylaştılar. Ben de bir kısımını size getirdim."

Genç adam titreyen parmaklarıyla zarfı açtı. Bir tomar mektup çıktı zarfın içinden. Okuduğu her satır ciğerini deldi, yüreğini yaktı genç adamın. Erdal Hoca, öğrencilerinin gönlünde bambaşka bir dünya mayalamıştı.

Erdal Hocamız;

Onun için ne söylememiz, nasıl anlatmamız, nasıl başlamamız gerektiğini bilemiyoruz. Ona nasıl bir hitapta bulunsak da ona karşı olan sevgimizi, minnetimizi anlatabilsek?

O bir öğretmendi, gerçek bir öğretmen. Öğretmen, yani lazım olan herşeyi öğreten. Yani bizi eğiten insan. Öğretmen kavramını herşeyiyle üzerinde taşıyan nadir insanlardan biri.

Herkesin örnek aldığı, ona bakıp kendini yönlendirdiği birileri vardır. Biz örnek insan deyince aklımıza Erdal Hocamız'ı getiriyoruz.

Her yönüyle çok gelişmiş bir insandı. Kendi branşı matematikte en iyilerdendi. Bildiği yabancı dillerle, edebiyat, psikoloji ve bilgisayar bilgisiyle bizi büyülerdi. Bizim gibi şımarık, değer bilmez öğrencilere bile insan olmanın ne demek olduğunu farkettirmişti.

Bize ne kadar kızgın baksa da biz, bizim için parlayan küçük yıldızları hep görebiliyorduk.

O kadar geniş bir kalbe sahipti ki kalbinde her birimizi teker teker, ayrı ayrı yerlere yerleştirmişti.

Hiç çocuğu olmadı. Çünkü bütün öğrencileri onun çocuğuydu.

Biz her birimiz, teker teker onun çocuklarıydık. O bunu bize hiç söylemezdi ama o geniş kalbiyle yaydığı sevgi, şefkat hepimizi sarardı. Sarardı demeyeceğiz, sardı ve her zaman saracak da...

Kocaman ellerini, tebeşir tutuşunu, sınav kağıtlarımızı okurken kullandığı kırmızı kalemi asla unutmayacağız...

Vefatlardan sonra hissedilen boşluğu biz hissetmedik. Öğrettikleri, gösterdikleriyle onunla o kadar doluyuz ki... O hep aklımızda, hep yanımızda.

Üzülmüyoruz, üzülmeyeceğiz. O, güzel yerlerde. Dünyada yaptığı güzel şeyler, insanlara, bizlere verdikleri onu oralara götürdü. Belki de bu dünyadaki görevini çoktan tamamlamıştı.

Kızarak konuştuğu zaman bile kimse ona kızgın biri olarak bakmazdı. Hepimiz bizim için kaygılandığını ve onun için kendini yorduğunu anlardık. Onun sözlerinin, hatta azarlamalarının bizim yol gösterici ışıklarımız olduğunu bilirdik.

Hayatımızın her anını, her saniyesini verimli kullanmamızı isterdi. İnsanın her gününü, her saatini kendisini geliştirmesi için kullanması gerektiğini anlatmaya çalışırdı. Bunu sözleriyle değil hayatıyla, yaşayışıyla gösterdi bize.

Bize teorik olarak en iyi bilimi vermekle beraber, hayatımızı yönlendirecek en önemli noktaları da göstermişti.

Bize karşı beslediği sevgiyle gerçek mutluluğu ve güven duygusunu tattırdı hepimize.

Şanslıyız, onun gibi bir insanı görebildiğimiz, yakından tanıyabildiğimiz için.

Onu seviyoruz, ona saygı duyuyoruz, onu özlüyoruz ama bunlardan öte bize verdikleri, öğrettikleri, yaşattıkları için sonsuz bir minnet duygusu var içimizde.

Onu seviyoruz. Hep sevdik. Ama ona layık olduğu herşeyi veremedik belki de.

Bize verdikleri, öğrettikleri, onun bize kazandırdığı güven ve mutluluk duygusu o kadar büyük ki ve o kadar dolduruyor ki içimizi; yokluğunu hissetmek, gittiğini kabul etmek imkânsız geliyor hepimize.

O gitmedi. Bizi asla bırakmadı. Hep yanımızda. Öğrettikleriyle, hissettirdikleriyle hep bizimle olacak. Erdal Hocamız bizi bırakmaz. O bizi asla bırakmaz. Sadece şimdi daha güzel yerlerde. Yükseklerde bizimle. Hep bizimle...

Ve Sen Sevgili Çiçek Abla;

Sana duygularımızı nasıl dökeceğimizi çok düşündük abla. Ama biz biliyoruz ki, duygularımızı söylemesek de siz anlarsınız. Böyle zamanlarda neler söylenmesi, neler yapılması gerektiğini bilemiyoruz. Ama sizin acınızı paylaşıyoruz ve sizi çok seviyoruz. Unutmayın Kazakistan soğuktur, ama burada sizi seven ve her zaman yardım elini uzatabilecek, başınızı omuzlarına dayayabileceğiniz kızlarınız var. Çünkü bu şeyleri sizler öğrettiniz. Yakınına yardım etmeyi, abla kardeş yaşamayı siz öğrettiniz. Sizin sayenizde insan ve insanlar arasındaki sevgiyi öğrendik. Siz emin olun. Siz vazifenizi yaptınız. Bize verilmesi gerekenleri ve vermek istediklerinizi verdiniz. Biz dę sizi mutlu etmek için hep iyi notlar almaya çalıştık. İyi insanlar olarak yetişmek istedik. Sizlerin gösterdiği yolu takip etmeye koyulduk. Hep sizleri örnek tuttuk. Acınız kalbimizde. Sizleri hiç unutmayacağız.

Kardeşleriniz Nurgül, Nargız, Ola, İndira, Nuriya

Genç adam, belki Erdal Hoca için bir şey yapmış olurum niyetiyle başından geçeni, duygularını, onun öğrencilerinin ruhunda bıraktığı derin izlerin ifadesi mektupları kitabın yazarına iletti. Okuyanlar bir dua ile ansın, bir Fatiha ile yâdetsinler diye...

Buna vesile olmak genç adamı bir nebze olsun rahatlatacaktı.

MADEN SUYU

..Gülay Göktürk soruyor: "Şehrinizde o kadar yabancı okul varken niye bu Türk okulunu tercih ettiniz?" Almanca öğretmeni olan veli, gözbebeklerimizin dibine kadar kararlılıkla bakıyor ve cevap veriyor: "Öğretmenler birer kişilik abidesi, çalışkan, ciddi, saygılı. Ağızlarına değil alkol, sigara bile koymuyorlar. Oğlumun böyle bir insan modelini görerek büyümesini istiyorum"

Prof. Dr. Ümit Meriç YAZAN

1996 senesiydi...

Baharın bütün güzelliklerini kuşanıp, insanın cümle duygularıyla cilveleştiği bir mayıs günüydü. Mahmut Bey hem bir öğrencisinin ailesini ziyaret etmek, hem de bir sonraki sene için okula öğrenci seçmek amacıyla, şehirden birkaç saat ötede Zaysan kasabasına doğru yola çıkıyordu. Bir aksilik olmazsa üç gün kalacaktı Zaysan'da. Daha önce dönmek istese de Erik'in ailesinin buna izin vereceğini sanmıyordu.

Mahmut Bey, Erik'in ailesinin fakir olduğunu biliyordu. O, imkânları pek mütevazi ailenin yüreklerini ve yuvalarını ardına kadar açarak sergilediği "hoşâmedi" görülmeye değerdi. Erik'in ailesi, çocuklarının öğretmeninin kendilerini ziyarete geleceğini, evlerinde misafir olacağını duyurabildiği her yere duyurmuş, küçük kasabayı velveleye vermişti adeta. O kadar ki Zaysan'ın yüz kilometre uzağında bir köyde yaşayan dayıları bile erinmemiş, onca yolu tepip gelmişti. Bu sevgi karşısında Atayurda geldiği ve bu insanları tanıdığı için bir kez daha şükretti Mahmut Bey.

Ertesi gün Erik ve ailesi, Mahmut Bey'le birlikte, dayılarının ısrarını kıramayarak onun yaşadığı köye gittiler. O kısacık süreye neler sığdırmamıştı ki dayısı. Öğleyin köye varır varmaz başlayan ziyafet akşama doğru ancak bitmişti.

İşte Mahmut Bey'in hayatında derin izler bırakan olaylar da bu bitişle başlıyordu.

Erik'lerin geriye dönmeleri gerekiyordu. Çünkü ertesi sabah Mahmut Bey'in öğrenci seçme sınavı vardı. O sebeple mutlaka yola çıkmaları lazımdı. Lazımdı ama Erik'in babasının araba kullanabilecek hali kalmamıştı. Kör-kütük sarhoş olmuştu. Zaten yarı sarhoş yaşayan bir adamdı. Baba arabanın ön koltuğuna yardımla ancak oturabilmiş, oturur oturmaz da sızmıştı. Şöförlük daha 14'ünü bile bitirmemiş Erik'e düşmüştü.

Erik'in annesi çok mahcuptu. Utanıyordu. Ne diyeceğini ne yapacağını bilemiyordu. O da daha fazla direnemedi. Yol boyu içini döktü Mahmut Bey'e. Anlattı ağladı, ağladı anlattı.

"Mahmut Bey" diyordu kadın, "Ne olur çocuğumu bırakmayın. Yazın da sizin yanınızda kalsın. Sizi o kadar seviyor ki. Hayalini sizin gibi olmak süslüyor." Kocasını işaret ederek: "Bu adam gibi olmasından çok korkuyorum. Uykularım kaçıyor. Ben çoktan boşanıp ayrı yaşayacağım ama çocuklarıma babasız demesinler diye içmekten başka hiçbir iş yapmayan bu adama katlanıyorum. Tek ümidim sizsiniz Mahmut Bey."

İki saatlik yol bitmiş annenin dertleri bitmemişti.

İçi parçalandı Mahmut Bey'in. O gece uyuyamadı. Gözlerini yumduğunda, gözü yaşlı dertli bir anne, 14'ünde masum bir çocuk ve hayatını şişeye mahkum etmiş bir baba canlanıyordu zihninde.

Mahmut Bey tanık olduğu bir aile dramının acısıyla ayrıldı Zaysan'dan.

Aradan tam bir sene geçti. Yine zorlu ve çetin geçen bir kıştan sonra bahar gelmişti. Tabiat dirilmiş, her yerden hayat fışkırıyordu.

Erik okulun bahçesinde Mahmut Bey'le konuşuyordu. "Tamam Erik" dedi Mahmut Bey, "Annene selam söyle, bir aksilik olmazsa mutlaka geleceğim."

Sevinçle öğretmeninin ellerine sarıldı Erik: "Teşekkür ederim hocam, teşekkür ederim. İnanın annem kendisini kırmadığınız için çok sevinecek."

O hafta sonu Mahmut Bey yine Zaysan'daydı. Erik'in annesi ve babası bu sefer onu daha bir başka karşılamışlardı. Daha bir mutluydular sanki.

Akşam küçük ve şirin Zaysan ilçesinin şehir hakiminin evindeydiler. Sofrada yok yoktu yine. Yemek başlamış, sohbet kıvamını bulmuştu. Misafirin şerefine kadeh kaldırılacaktı. Mahmut Bey Eriklerin davetlisi olduğu için, ilk sözü Erik'in babası aldı.

"Dostlar" diye başladı Erik'in babası. "Bu gece bu ziyafet Mahmut Bey için. Onun için ben ne yapsam az. Çünkü ben bu insana çok şey borçluyum. Ailemi, çocuğumu, mutluluğumu borçluyum. Mahmut Bey'in eğittiği yavrumun sayesinde senelerimi yiyip bitiren, müptelası olduğum içkiyi bıraktım. Hayata, aileme döndüm."

Hayretler içinde kalmıştı Mahmut Bey. Kulaklarına inanamıyordu. Bu bir rüya mıydı yoksa? Mahmut Bey kahramanı olduğu bu tablonun tatlı sarhoşluğunu yaşarken, Erik'in babası "Dostlar" diye devam etti.

"Sizlerin huzurunda söylemek istiyorum ki, benim çocuğum hakkında alınacak kararlarda tüm söz hakkı Mahmut Bey ve okulundur. Mahmut Bey ve arkadaşları ne derlerse ben onu yapacağım."

Erik'in babasının son cümlelerini ise en çok oğlu ve annesi alkışlıyordu:

– Dostlarım elbette, elbette bu gece ben Mahmut Bey şerefine kadeh kaldıracağım. Kaldıracağım ama, benim kadehimde de Mahmut Bey'inki gibi maden suyu olacak."

Mahmut Bey Erik'in annesiyle gözgöze gelmişti. Annenin parıldayan gözleri, ışıldayan gülücükleri Mahmut Bey'in bu güne kadar duyduğu en güzel teşekkürdü.

Mahmut Bey'in o gece içtiği maden suyunun lezzeti anlatılacak gibi değildi.

EMANET

> Vazife ve erdem uğrunda yapılan fedakârlıklar yapılmaya değer; karşılıkları gönülde bıraktıkları tatlı anılarla ödenir.
>
> J. J. ROUSSEAU

İrkildi genç adam. Elini telaşla beline attı. Kemerine takılı cep telefonunu kabından çıkartırken homurdandı: "Alışamadık gitti şu meretin titreşimine."

Telefondaki sekreteriydi. Eğitim Bakanlığı'ndan aramışlardı ve Bakan Bey kendisiyle hemen görüşmek istiyordu.

Rotasını değiştirip yolunu bakanlığın bulunduğu güzergâha çevirdi. Ulaşması en az kırk dakikayı bulacaktı. Şöföründen mümkün olduğunca acele etmesini istedi.

Genç adam yolu, Bakan Bey'in kendisini hangi sebeple arayabileceğine dair senaryolar üreterek tüketti. Enteresandı. Çünkü Orta Asya'nın bu güzel ülkesine geleli bir yıl olmuş, bu zaman zarfında Bakan Bey'le üç-dört kez görüşmüş ve her defasında talep kendisinden gelmişti. Sonunda "Bir problem mi var acaba?" sorusuna saplandı ve Bakan Bey'in odasına girinceye kadar içi içini kemirdi.

Bakan Bey her zamanki sevecen tavrıyla karşıladı genç adamı. Hemen konuya girdi:

– Sizden bir isteğim var. Sizi onun için çağırdım.

– Buyrun dedi genç adam heyecanını saklamaya çalışarak.

Bakan Bey sümenin altından küçük bir kağıt çıkardı ve genç adama doğru uzattı:

– Burada ismi yazan çocuğu okulunuza kaydetmenizi istiyorum.

Orta Asya'nın bu güzel ülkesinde açılan Türk Okulları'nın yöneticisi olan genç adam rahatlamış ve neşelenmişti:

– Memnuniyetle Sayın Bakan'ım dedi.

– Biliyor musunuz? diye devam etti Bakan Bey. "Bu çocuğun anne-babası benim aile dostumdu. Rus bir aileydi bunlar. Önce annesi öldü çocuğun. Geçenlerde de babası. Şimdi ortada kaldı bu çocuk. Yani sahipsiz.

Ben bu öksüz ve yetim çocuğa en iyi sizlerin sahip çıkacağına inanıyorum. Bu sebeple çocuğu size emanet ediyorum. Alın ve yetiştirin. Çocuğun velisi de benim eşim olacak."

Genç adam ne diyeceğini bilemiyordu. Teşekkür edebildi sadece. Kendilerine layık olmaya çalışacaklarını söyleyebildi.

Genç adam, kendilerine duyulan bu sonsuz sevgi ve güvenin anlatılmaz ağırlığı altında iki büklüm, Bakan Bey'in odasından çıkarken;

"Allah'ım, ne olur utandırma bizi" diye yalvarıyordu.

FOTOĞRAF

Onlar ki, dudakları ölümsüzlük tasında
İmzaları, mavera yurdu haritasında.

N. Fazıl KISAKÜREK

Gözünü fotoğraf makinesinin vizörüne yapıştırarak mesafeyi ayarlamaya çalışan Hasan bir yandan da bağırıyordu:

– Biraz daha sıkışın. Şahin lütfen biraz daha sola. Dikkaat, çekiyoruum, çektim.

Patlayan flaş hayattan bir kareyi daha hatıra enstantanesi haline getiriyordu.

O gün Şahinlerin seminerinin son günüydü. Toplam elli yedi kişiydiler. Anlaştıkları eğitim şirketi onların gidecekleri uzak diyarlara daha çabuk adapte olabilmeleri için bir seminer düzenlemişti. İtiraf etmek gerekirse çok verimli olmuştu seminer. İşinin ehli uzmanlardan hem mesleğin püf noktalarını öğrenmişler, hem de kendilerini bekleyen ortam hakkında oralarda yaşayanlardan geniş malûmat almışlardı. Seminerin sonunda, kimin nereye gideceği ise kurayla belirlenecekti.

Şahin'in bahtına Ahmet Yesevî'nin ülkesi, Dede Korkut' un memleketi düşmüştü. Kendisiyle beraber aynı ülkeye kura çeken altı kişi daha vardı o gün.

...

Dede Korkut'un beldesinde çetin, zorlu bir kış yaşanıyordu. Şahin soğuktan kalpağının, paltosunun içine sinmiş, gardı düşmüş bir halde okuldan eve dönüyordu. Bir an evvel eve varmak, sıcak bir çorbayla içini ısıtmak istiyordu. Bu istekle daha bir arzulu attı adımlarını.

...

Dışarıda lapa lapa kar yağıyordu. Sıcak bir odanın penceresinden seyrine doyum olmayan bir manzaraydı gerçekten.

Şahin yemekten sonra eşinin hazırladığı çayı beklerken, oturduğu koltuğun hemen yanıbaşında duran kütüphaneden fotoğraf albümünü çıkardı. Yavaş yavaş sayfaları çevirmeye başladı. Çocukluğu, sünneti, fakülte yılları, düğünü... Hepsini fotoğraflar eşliğinde tekrar yaşadı.

Albümde yer kalmadığından, sayfaların sonuna öylesine konmuş bir kaç tane resim daha vardı. Şahin ebadı en büyük olan fotoğrafı çevirdi. Buraya gelmeden evvel, Ankara'daki seminerde çektirdikleri hatıra fotoğrafıydı bu.

"Elli yedi kişiydik. Şimdi her birimiz bir yerde" diye iç geçirirken, bir şey dikkatini çekti. "Allah Allah" dedi. "İnanılmaz bir şey bu". Fotoğrafa daha dikkatli baktı. Evet, evet, yanılmıyordu. Elinde tuttuğu fotoğrafta enterasan bir tecelli kendine göz kırpıyordu.

O gün, Ahmet Yesevî'nin ülkesine kura çeken yedi kişi, elindeki fotoğrafta yan yana ve omuz omuza duruyordu.

KART

Arkadaş, ben sizin için, bu okullar için gidiyorum.

Turgut ÖZAL

Beklenen uçak nihayet gelmiş ve az sonra misafirler VİP kapısından dışarıya çıkmışlardı. İki devlet başkanı kol kola kendilerini bekleyen limuzine yürürlerken, çıkış kapısının sağına soluna sıralanmış çocuklar, ellerinde iki ülkenin bayraklarını neşeyle sallarken bir yandan da Türkçe bağırıyorlardı:

– Hoş geldiniz, hoş geldiniz.

Misafir Cumhurbaşkanı meraklandı:

– Kim bunlar, hangi okulun öğrencileri?

Karşılama heyetinde yer alan Bayram Bey giderdi bu merakı:

– Efendim bunlar Kazak-Türk Lisesi'nin çocukları. Sizi okullarına davet ediyorlar.

Misafir Cumhurbaşkanı gülümsedi. Çocuk berraklığındaki bu daveti "Vakit bulabilirsem, mutlaka geleceğim" diyerek cevapladı.

...

Kazakistan Misafir Cumhurbaşkanı'na olağanüstü bir ilgi ve sevgi gösteriliyordu. En küçük bir aksilik olmaması için çok sıkı güvenlik önlemleri alınmıştı. Gezi programı harfiyen uygulanıyordu. Misafir Cumhurbaşkanı'nın geçeceği yollar evvelden trafiğe kapatılıyor, kuş uçurtulmuyordu.

...

Genç gazeteci Mürsel Bey, bir iş nedeniyle gittiği Çimkent'ten bir türlü dönememiş, bu sebeple zamanında başvuru yapamamış ve geziyi izleyebilmesi için gerekli görevli kartını alamamıştı. Ben gazeteciyim diyerek bir iki sefer yollara kurulan barikatı aşmayı denemişti ama bu denemeler, görevlerine şartlanmış polislerin kendisini hafiften silkelemesiyle sonlanmıştı.

Bu aksilikten dolayı çok önemli geziyi takip edemiyor, gazetesine haber geçemiyor ve bu arada Bayram Bey'in kendisine ısrarla rica ettiği, Misafir Cumhurbaşkanı'na çocukların okul davetini hatırlatma fırsatını bulamıyordu.

İşin kötüsü, Mürsel Bey'in aklına hiçbir çare de gelmiyordu. Sebepler açısından bakıldığında her şey tükenmiş gibiydi. Dayanılmaz bir gerilimdi bu. O gece hafakanlarla girdi yatağına Mürsel Bey.

Ertesi gün cumaydı. Misafir Cumhurbaşkanı yeni yapılan Merkez Camii'ni ziyaret edecek ve cuma namazı kılacaktı. Mürsel Bey bir saat evvel gitti camiye. Gördüğü manzara müthişti. Halk Misafir Cumhurbaşkanı'nı görebilmek için camiye akın etmişti. Caminin içine girmek mümkün değildi. Mürsel Bey ancak avluda kendine bir yer bulabildi.

Çevredeki hareketlenmeden Misafir Cumhurbaşkanı'nın gelmek üzere olduğunu anladı. Önce korumalar belirdi kapıda. Süratle, misafirlerin rahat geçebilmesi için yol açtılar. Kalabalık biraz daha sıkıştı. Mürsel Bey, açılan yolun tam kenarında kaldı. Nihayet Misafir Cumhurbaşkanı kalabalık bir grupla caminin cümle kapısından içeri girdi. Kazak ve Türk Milletvekilleri, işadamları, bürokratlar, korumalar.. Ortalık tam bir ana-baba günüydü. Halk misafirleri görebilme, gazeteciler resim çekebilme, korumalar görevlerini yapabilme telaşındaydı. Büyük bir hengame vardı.

İşte ne olduysa o anda oldu. Kalabalık tam Mürsel Bey'in bulunduğu yerden geçerken, el büyüklüğünde bir kart gökten iniyor gibi Mürsel Bey'in kucağına düştü. Karta baktı. Kartın üstünde İngilizce SECURITY (güvenlik) yazıyordu. Kartı hemen cebine attı. O kargaşada kartın sahibini bulmak zaten imkânsızdı.

Camiden çıktıktan sonra kartı ceketinin sol yakasına özenle taktı. Sağdan direksiyonlu, ihtiyar Toyota'sına kuruldu. Kartın özel güvenlikle ilgisi olduğunu tahmin etse de tam anlamıyla ne işe yarayabileceğini kestiremiyordu. Denemeden anlamak imkansızdı.

Mürsel Bey de öyle yaptı. Hareket etmekte olan protokol arabalarının arasına katıldı.

Birinci araba Misafir Cumhurbaşkanı'nı taşıyan dört kapılı limuzindi. İkinci araba korumalardı. Üçüncü araba da Mürsel Bey.

Mürsel Bey'in önündeki arabada bulunan korumalar bu tuhaf ve ihtiyar Toyota'nın yanlışlıkla konvoya dahil olduğunu düşünmüş olacaklardı ki, el-kol hareketleriyle oldukça öfkeli bir şekilde "gelme, konvoydan çık" anlamında işaretler yapıyorlardı.

Mürsel Bey kendinden emin bir şekilde kartın takılı olduğu sol göğüsünü ileri doğru çıkartarak, SECURITY yazan kartı gösterdi. Öndeki arabada bulunan korumalar, kartı görünce şaşırdılar. Derhal toparlanıp hareketleriyle Mürsel Bey'den özür dilediler ve bir daha arkalarına hiç bakmadılar.

Mürsel Bey'in şüphesi kalmamıştı. Bu kart gökten inmişti. Mürsel Bey, gökten inen bu kart sayesinde bütün gün programları hayal bile edemeyeceği bir rahatlıkta izledi.

Cumartesi günü Misafir Cumhurbaşkanı'nın son günüydü. Mecliste bir konuşma yapacak ve hemen Ahmet Yesevî Hazretleri'nin kabrini ziyaret etmek için Türkistan'a uçacaktı.

Beri tarafta, okulda, Misafir Cumhurbaşkanı gelecek diye günlerden beri hazırlıklar yapılıyordu.

Mürsel Bey, sabahleyin Misafir Cumhurbaşkanı'nın konuşma yapacağı meclise doğru yola çıkarken çok stresliydi. Hem geç kalmıştı, hem de dün gece Bayram Bey'in söyledikleri hâlâ kulaklarında uğulduyordu. "Aman ha Mürsel' im. Yarın son gün, ne yapıp edesin, Cumhurbaşkanı'na okul davetini hatırlatasın."

Yanındaki Gürkan Bey'e döndü; "İnşallah bir aksilik olmaz bugün" dedi.

Az sonra Meclis binasına varmışlardı. Mürsel Bey yakasındaki kartın gücünü biliyordu artık. Arabasıyla gayet soğukkanlı bir şekilde, misafirlerin üzerinde yürümeleri için serilmiş kırmızı halıların olduğu yere kadar geldi. Arabasını tam halının dibine park etti. Bu arada, sağdan çarklı ihtiyar bir Toyota'nın fütürsuzca misafirler için serilen halının dibine kadar geldiğini gören polisler arabaya doğru koşuşturdu. Mürsel Bey rolüne alışmıştı. Arabadan indi. Hafifçe sol yakasını ileriye doğru çıkarttı. Karttaki yazı polislerin esas duruşa geçmelerine ve yolu ardına kadar açmalarına yetti.

Mürsel Bey hafif sarışın bir tipti. İlk bakışta Rusları andırıyordu. Rusça bilmeme gibi küçük(!) bir ayrıntıyı ise hiç konuşmayarak, sert ve kesin, kibirli el kol hareketleri ile hallediyordu. O nedenle bu ana kadar hiç falso yapmamıştı.

Polislerin çekilmesiyle, Mürsel Bey ve arkadaşı Gürkan Bey meclise doğru yürümeye başladı, Gürkan Bey telaşlıydı:

"Abi", dedi "bari halıda yürümesek."

Mürsel Bey:

Hiç sesini çıkarma, arkamdan gel.

Meclisin kapısına geldiklerinde görevli polisler Mürsel Bey'i görünce hemen selama durdu. Sigara içenler sigaralarını avuçlarına sakladı. Ceketinin düğmeleri açık olanlar düğmelerini ilikledi. Gürkan Bey hayretler içindeydi. Hiç bir aksilik olmadan üçüncü kata kadar çıktılar. Salonun önünde durdular. İçeriden Misafir Cumhurbaşkanı'nın sesi geliyordu. Salonun önünde bürokratlardan ve görevlilerden oluşan küçük bir kalabalık vardı. Bir kısmı sigara içmek için dışarı çıkmış, bir kısmı ise sohbet ediyordu. Biraz ileride Kazakistan Cumhurbaşkanlığı Basın Müşaviri duruyordu. Mürsel Bey'le ahbaptılar. Mürsel Bey ona doğru yöneldi. Basın Müşaviri, Mürsel Bey'i görünce gülmeye başladı. Hayret ifade eden bir ses tonuyla; "Bu kartı nereden aldın?" diye sordu. Çünkü basın müşaviri "o kartın" alınmasının imkansız olduğunu en iyi bilen kişilerden biriydi.

Mürsel Bey olayı kısaca anlattı ve sonunda şakayla karışık, "Bu kart bana gökten indi" dedi.

Mürsel Bey gülerek bunları anlatırken arkasından uzanan bir el karta uzandı ve hışımla çekip aldı. Korkuyla geriye dönen Mürsel Bey, abus çehreli, iriyarı bir şahısla burun buruna geldi.

Büyük bir öfkeyle, ağzından köpükler saçarak kim olduğunu ve kartı nereden aldığını soruyordu. İki gündür kartı aradığını söyleyen bu öfkeli adam, ihtimal, kartın gerçek sahibiydi. Ne diyeceğini bilemiyordu Mürsel Bey. Kekeliyor, elleriyle bir şeyler anlatmaya çalışıyor onu da beceremiyordu. Allah'tan basın müşaviri imdadına yetişti:

– "O", dedi "benim Bavrum. Kart camide kucağına düşmüş, ne yapsın. Sen de kartına sahip çıksaydın. Kartı da buldun. Hadi daha fazla uzatma."

Adam söylene söylene giderken, Mürsel Bey derin bir "oh" çekti. Sanki hayata yeniden gelmişti.

Bu arada Misafir Cumhurbaşkanı konuşmasını bitirmiş salondan çıkıyordu. Kart gitmiş, saltanat bitmişti. Ama olsundu işte. Aradıkları, kovaladıkları fırsatı yakalamışlardı. Misafir Cumhurbaşkanı hemen karşılarındaydı. Yaklaştılar. "Efendim, ilk geldiğiniz gün okulumuza gelebileceğinizi söylemiştiniz. Çocuklar, veliler ve öğretmenler sizi bekliyorlar" diyerek nazikçe konuyu hatırlattılar.

Misafir Cumhurbaşkanı:

"Doğru söylüyor bu arkadaşlar" dedi. Yanındakilere döndü ve seslendi: "Haydi okula gidiyoruz."

"Efendim izniniz olursa ben size refakat edebilirim", dedi Gürkan Bey.

Misafir Cumhurbaşkanı genç öğretmenin koluna girdi ve; "haydi o zaman delikanlı" dedi.

Meclisin kapısından dışarı çıktıklarında Mürsel Bey'in aklını başından alan manzarayla karşılaştılar. Kartın saltanatı zamanında kırmızı halının dibine park ettiği ihtiyar Toyota'sının yüzünden, Misafir Cumhurbaşkanını götürecek araba hareket edemiyordu. Herkes bu ukala Toyota'nın sahibini arıyordu.

Bir sürü polis arabayı itekleyerek limuzinin geçeceği kadar yol açmak istiyordu. Ama nafile. Olmuyordu. Bir yandan da "Kim bunun sahibi?" diye bağırıyorlardı.

Kanı çekilmişti Mürsel Bey'in. O anda kaçmayı düşündü. Ama yapamazdı. Çaresiz, arabaya doğru koştu. Ardı sıra söylenen bir çok şeyi duymazdan gelerek, "böyle nimete bu kadar külfet az bile" diye mırıldanarak hızla uzaklaştı.

Az Sonra Misafir Cumhurbaşkanı okuldaydı ve çocukların başlarını okşuyordu.

Mürsel Bey çok mutluydu. Gökten gelen kart için Allah'a teşekkür ediyordu. Ve Misafir Cumhurbaşkanı okuldan ayrılırken hatıra defterine:

"Bu okullar Türk dünyasının temel taşlarıdır" diye yazıyordu.

GENÇLİK HEYECANLARI

Hocaefendi mefkûresizlikten bunalan Türk gençliğine mefkûre vermiştir.

Aydın BOLAK

Başka bir ülkede olsa böyle bir fedakârlığın destanı yazılır, hamlenin başlatıcısı ve onunla birlikte hareket edenler ödüle boğulurdu. Türkiye ilk Nobelini bu cihanşumul hizmet sayesinde kazanırdı.

Fehmi KORU

Ünal Bey ve arkadaşlarının keyiflerine diyecek yoktu. İmkansızlıkların saltanat sürdüğü bir vasatta, büyük bir projenin altına girmişler ve sonunda alınlarının akıyla noktalamışlardı. Tanzanya'dan Romanya' ya tam 17 ülkenin ümit tomurcukları, Matematik Proje Olimpiyatı'nda bir yandan kıyasıya yarışmışlar, diğer yandan tanışıp-kaynaşmış, arkadaş olmuşlardı. Bir hafta öncesinde birbirlerinin varlığından habersiz çocuklar, şimdi birbirleriyle vedalaşırken ağlıyorlardı.

Veda gecesindeki kokteylde Kazakistan'ın Eğitim Bakanı içindeki mutluluğu gözbebeklerine doldurmuş; "Eğitim Bakanlığımız ile Kazak-Türk Liseleri'nin gerçekleştirdiği bu uluslararası organizasyon hem bir ilk ve hem de gayet başarılı olması yönüyle çok önemlidir. Senelerdir burada başarıyla, özveriyle çalışan Kazak-Türk Liseleri'nin yetkililerini hem ülkemiz açısından çok değerli eğitim hizmetleri, hem de bu organizasyondaki başarıları nedeniyle yürekten kutluyorum. Bu vesileyle dost ve kardeş ülkemiz olan Türkiye Cumhuriyeti'ne de teşekkür ediyorum" diyor, Ünal Bey ve arkadaşlarının hiç bir şeye değişmeyecekleri "ücretlerini" takdim ediyordu.

Kendisinden sonra söz alan üniversitelerin bağlı olduğu Yüksek Öğretim Bakanı da, gülücüklerle ve sımsıcak esprilerle çerçevelediği aynı minvaldeki konuşmasında, okullara ve okulların şahsında Türkiye'ye sevgilerini sunuyordu.

Ünal Bey ve arkadaşlarının çehrelerini ay, gözlerini yıldız gibi ışıldatan, keyiflerini ve neşelerini köpürten işte bu unutulmaz tabloydu.

Gecenin sonunda arkadaşlarıyla vedalaşan Ünal Bey huzur verici yorgunluğun tadını çıkarmak üzere eve vardığında metabolizmasını allak-bullak eden, kimyasını bozan bir şokla yüz yüze geldi.

Türkiye'de çok tanınan bir gazeteci, haber sunuculuğu yaptığı kanalda bir kaset yayınlıyordu. Kaset; diyalog, hoşgörü ve sevgi kavramlarını Türkiye'de ortak bir zemin haline getirmesiyle tanınan; Türkiye'nin kangrene dönüşmüş, asırlık hastalıklarının reçetesinin nitelikli eğitim olduğunu seslendirmesiyle sevilen bir Bilge Kişi'yi hedef alıyordu.

Ünal Bey'in tanıdığı, fikirlerine özel değer verdiği ve düşüncelerini titizlikle izlediği bir insandı bu.

Bu insan cami kürsülerinden konferans salonlarına, gazete sayfalarından televizyon ekranlarına, oradan kitaplarına kadar yıllar yılı gergefini hep sevgi ve eğitim nakışlarıyla dokumuştu. Bereketli bir tohum gibi önce Anadolu halkının sinesinde filizlenen bu düşünceler yine Anadolu halkının sırtında, şimdilerde dünyanın hemen her ülkesinde açılan okullarla evrensel bir çapa ulaşmıştı. Bu eğitim hizmetlerinin, bu okulların fikir mimarı, ilham kaynağı ve gönül ortağıydı Bilge Kişi. Kaset onu yıpratmayı amaçlıyordu. Sorgulamadan, hoyratça ve acımasızca...

Yıkılmıştı Ünal Bey. Çok değil, daha bir saat evvel sevincin ve neşenin doruklarında çocuklar gibiydi. Şimdi ise kolu kanadı kırılmış, duyguları delik deşik olmuş, ruhu ve yüreği çiğnenmişti.

Sevdiklerinden uzakta, gurbeti ülkesinin geleceğine cürmünce katkıda bulunmak için tercih ettiğine kendi varlıklarına inandıklarından daha fazla iman eden Ünal Bey ve arkadaşları uyuyamaz, yiyemez, içemez oldular ilk bir-iki gün.

Sonra da:

Hak şerleri hayreyler
Zannetme ki gayreyler
Arif ânı seyreyler
Görelim Mevlâ neyler
Neylerse güzel eyler

deyip vücutlarındaki hücreler sayısınca bir "hasbinallâhu ve ni'mel vekil" çektiler ve işlerine koyuldular.

Üç dört gün sonra aynı gazeteci, artık rezil ve iğrenç bir linç kampanyasına dönüşmüş haberle ilgili televizyonda bir açıklama yapma mecburiyetinde kalmıştı. Bu açıklama gazetecinin kendisine yönelik şiddetli tepkilere karşı bir savunmaydı aynı zamanda. Gazeteci, gençlik yıllarında iflah olmaz bir devlet düşmanıydı. Düzeni değiştirme uğruna hırsızlığa yeltenmiş, serkeşlikleri mensubu bulunduğu ordudan atılmaya kadar uzanmıştı. Gazeteci, işte tüm bunlar için gençlik heyecanları demiş ve işin içinden çıkmıştı.

Ünal Bey'in duyguları, düşünceleri, varlığı o iki kelimeye takılmıştı: Gençlik heyecanları...

Ama acaba ömrü yarım asra yaklaşan gazeteci, yeryüzünün bütün kıtalarına çil çil serpilmiş eğitim yuvaların karalarken oralarda terleyen ve ilk gençlik heyecanlarını öz vatanlarından çok uzaklarda, bu eğitim yuvalarında yaşayan gencecik öğretmenlerin heyecanlarını anlamayı hiç aklına getirmiş miydi? Bu gençler niçin kopmuşlardı öz vatanlarından? Baba ocağını, ana sinesini, yâr sesini bırakıp bilmedikleri meçhullere niçin koşmuşlardı? Gazeteci bunu anlamayı istemiş miydi hiç?

Gencecik binlerce öğretmen, delikanlı heveslerini, gençlik heyecanlarını ülkesinin emrine vermiş, Türkiye'nin Afrika'da bir yamyamlar ülkesi değil, medeniyetlerin fışkırdığı bir bereketli toprak; Türkler'in kanla beslenen, kin soluklayan, bedevi ve çapulcu bir topluluk değil, yeryüzünün "en insan milletlerinden" biri olduğunu yarının sahipleri çocukların kalplerine ve kafalarına nakışlıyor ve mutluluklarını bu çabadan damıtıyorlardı. Gencecik binlerce öğretmenin bu misyonunu okullarda okuyan öğrenciler, onların velileri ve onların yöneticileri seslendiriyordu. Gazetelere ve televizyonlara anlatıyorlardı.

Anlamıyordu Ünal Bey. Acaba gazeteci, "Benim gençliğim böyleydi o halde onların da gençlik heyecanlarının arkasında bu var" gibi bir saplantıya mı sahipti?

Gencecik binlerce öğretmenin alın teri ve göz nurunun sonucu Türkiye'miz ve Türkçe'mizle beraber bayrağımız; özgürlüğümüzün kimlik kartı İstiklâl Marşımız sarısından siyah ırkına, Hıristiyanından Budistine rengarenk ve zengin bir coğrafyanın ortak paydası ve müşterek sevgisi haline geliyordu. Geliyordu ama, eksi kırk derecenin kol gezdiği ayazlarda bazen ekmek almak için bile bir hafta dışarıya çıkamamaya karşı aşkını ve direncini yitirmeyen ve gücünü delikanlı heveslerinden ve gençlik heyecanlarından alan öğretmenlerin ızdırabıyla geliyordu.

Geliyordu ama, bacağını, çocuğunu, hayallerini, özlemlerini ve zevklerini oralarda bırakan gencecik binlerce öğretmenin bu fedakarlıkları ve soylu uğraşlarıyla geliyordu. Acaba gazeteci bunu ne kadar biliyordu?

Gençliği, "Düzeni yıkmak için her yol mübah" yollarında tükenen gazeteci, Ünal Bey gibi binlercesinin delikanlı heveslerini, gençlik heyecanlarını ne kadar bilebilirdi?

Yeryüzünün bütün kıtalarına yayılmış gencecik binlerce öğretmenin delikanlı heveslerini ve enerjilerini, gençlik heyecanlarını ve dinamizmini "Türkiye'mizi tanıtma ve sevdirme" idealine kilitleyen Bilge Kişi'yi gazeteci hiç anlamayı düşünmüş müydü? "Ah keşke anlasaydı" diye iç geçirdi Ünal Bey.

Aslında gazetecinin de delikanlı heveslerinin ve gençlik heyecanlarının tek noksanı, birikimini, enerjisini ve dinamizmini "aşkla insanımıza ve insanlığa hizmet etme" eksenine yönlendirecek böyle bir Bilge Kişi'nin yokluğu değil miydi? Gazetecinin kendisi gibi nicelerinin de gençlikleri, önemsemedikleri bu mahrumiyetten ötürü heder olmamış mıydı?

Tıpkı Fatih'in arkasındaki Akşemseddin'in, onun gençlik heyecanlarını ve delikanlı heveslerini İstanbul tutkusuna dönüştürmesi ve 21 yaşın delikanlısının yepyeni bir çağa mührünü vurması gibi.

Ne pahasına olursa olsun, Ünal Bey ve arkadaşları böyle bir sevdanın delisi olmaktan ötürü çok mutluydu.

Ve böyle bir sevdayı yaşamak herşeye değerdi.

Herşeye...

SÜRPRİZ

Bunlar kim mi? Bunlar derin Türkiye'nin habercileri. Bunlar derin Türkiye'nin derinliklerini enginlere ulaştıranlar.

N. Kemal ZEYBEK

Şerif Hoca yıllarını eğitime adamış bir profesördü. Onun için eğitim yalnızca bir meslek değil, aynı zamanda bir hayat felsefesiydi. Üniversiteye gelip-gitmek, derse girip-çıkmak, imtihan yapıp not vermek değildi onunkisi. Tek kelimeyle, tutkuydu.

İstikbal vaad eden öğrencilerle özel ilgilenmek, imkânı olmayanlara burs bulmak, kalacak bir yeri olmayanlara ev, yurt ayarlamak, mezun olanlara iş konusunda elinden geldiğince yardımcı olmak... Bütün bunlar onun için vazgeçilmez uğraşlardı.

Türk Cumhuriyetleri'nin bir bir bağımsızlığına kavuşmasından sonra, Şerif Hoca'nın bulunduğu şehrin üniversitesine bir grup Orta Asya'lı genç geldi. Onları hasretle, hararetle bağrına basan ilk insanlardan biri oldu Şerif Hoca. Talebelerin hemen hepsiyle tanıştı, tek tek ilgilendi. Gurbet acısını ve yalnızlığını hissetmemeleri için çabaladı. Atayurt'tan anayurdun bu Anadolu tüten şehrine gelen öğrenciler, ona "Şerif Ağay" dediler.

Ne kadar bir zaman sonraydı bilmiyorum. Şerif Hoca o şehirden ayrıldı. Sevdikleri, hele ona "Şerif Ağay" diye seslenen Orta Asyalı talebeler onu gözyaşlarıyla uğurladı.

Sene, yanlış hatırlamıyorsam 1998'di. Aylardan da galiba Aralık. Şerif Hoca, gönüllülerinden olduğu bir vakfın uluslararası bir organizasyonunun ödül töreni için Türk Cumhuriyetleri'nden birine gidecekti. Bu gezi, Türkiye'de ses getiren organizasyonun bir halkasıydı. Ödül, ülkesine, Orta Asya'nın birliğine ve dayanışmasına yaptığı ciddi hizmetlerden ötürü o ülkenin devlet başkanına takdim edilecekti.

Şerif Hoca, insanlığın barışı ve huzuru adına aynı değerleri ve kaygıları paylaştığı bir heyetle beraber havalandı bu dost ve kardeş ülkeye.

Şerif Hoca'yı ve beraberindekileri Türkiye'den âşina olduğu dostları ve Dışişleri yetkilileri karşıladı.

Konuklara refakat etmek ve tercümanlık yapmakla görevli genç Dışişleri bürokratı, gelenleri Türkçe "Hoş geldiniz" diyerek karşılıyor ve kendilerini bekleyen arabaya doğru yönlendiriyordu.

Genç Dışişleri görevlisi tokalaşmak için elini karşısındaki misafire uzatırken öylece kalakaldı. Neden sonra dudaklarından bir ses yükseldi: "Şerif Ağay". Bir anda sarmaş-dolaş oldular.

Genç bürokrat, yıllar evvel Şerif Hoca'nın bulunduğu şehirdeki üniversiteye gelen Orta Asyalı talebelerden biriydi. Şerif Hoca onun da elinden tutmuş, ona da kol-kanat germiş, onun da "Şerif Ağay"ı olmuştu. Seneler sonra bu ne güzel, bu ne tatlı sürprizdi.

Genç bürokrat ödülün takdim programının tercümanlığını yaparken, Şerif Hoca, elinden tuttuğu öğrencilerden birini daha ülkesine hizmet ederken görmekten tarifsiz bir haz duyuyordu.

Yoksa gözlerindeki sağanağın başka ne anlamı olabilirdi ki...

VAZO

Gideriz, nur yolu izde gideriz
Taş bağırda, sular dizde gideriz
Bir gün akşam olur biz de gideriz
Kalır dudaklarda şarkımız bizim.

Necip Fazıl KISAKÜREK

Svetlana Hanım'ı, Kazak Türk Liseleri'nde okuyan çocukların velilerine, Anadolu'yu daha yakından tanıtabilmek amacıyla tertip ettiğimiz gezide tanıdım. İnce, uzun boylu, sessiz ama vakur bir hanımdı. Mütebessim bir çehresi vardı. Çocuğu Astana'daki lisede okuyordu.

Belki onun sessizliğinden, belki grubun kalabalık olmasından, belki de gezi boyunca benim bitmeyen telaşımdan olacak pek farkedememiştim Svetlana Hanım'ı. Onu asıl geziden birkaç ay sonra evinde ziyaret ettiğim sürede tanıdım.

İyi hatırlıyorum. Soğuk bir kış günüydü. İşimle alâkalı bazı görüşmeler yapmak için gitmiştim Astana'ya.

Bütün gün oradan oraya koşuşturduktan sonra yorgunluğumu Svetlana Hanım'ı ve ailesini ziyaret ederek gidermeye niyetlendim. Telefonda kendimi tanıtıp bir saat sonra çaylarını içmeye geleceğimi söylediğimde attığı sevinç çığlığını hiç unutamam.

Aman Allah'ım, o nasıl karşılamaydı öyle. Siz hiç sevincin kendisini gördünüz mü? Hiç elinizle mutluluğa dokundunuz mu? Ben sevinci gördüm, mutluluğu tuttum. O akşam Svetlana Hanım'ın gözleriydi sevinç. Beni hiç görmeden tanıyan ve seven eşinin elleriydi mutluluk.

Beni salonlarının baş köşesine oturttular. Kocası "Biliyor musunuz?" dedi. Her gün, hiç bıkmadan hâlâ o geziyi anlatıyor. Gelen her konuğumuz o geziyi dinlemek zorunda. Gittiğimiz her misafirlikte ne yapıp-edip konuyu o geziye getiriyor ve kimsenin konuşmasına fırsat vermeden sürekli anlatıyor. Evimizde adınızın geçmediği gün yok. Sayenizde aile nüfusumuz bir kişi arttı."

Terden, mahcubiyetten sırılsıklam olmuştum. Neyse ki, Svetlana Hanım imdadıma yetişti. Kendine has bir zerafetle, "Ben ve kocam çocuklarımızı sizinle tanıştırmak istiyoruz" dedi. "Acaba ben gelmeden bu tanıştırmanın provasını mı yaptılar?" diye düşünmeden edemedim. Svetlana Hanım cümlesine noktayı kor komaz, küçükten büyüğe sıralanmış beş çocuk girdi salona. Titiz bir terbiye imbiğinden geçmiş oldukları her hallerinden belli, bayramlık elbiseleri içinde, nasiyeleri pırıl pırıl beş çocuk. O gece benim için şarkı söylediler.

Gece boyunca ailelerimizden, çocuklardan, okuldan memleketlerimizden konuştuk. Dertleştik, söyleştik, halleştik. Ortak noktalarımız, müştereklerimiz o kadar fazlaydı ki.

O gecenin finalini unutabileceğimi sanmıyorum. İzin isteyip ayrılmak için ayağa kalktığımda, Svetlana Hanım'ım eşi:

"Bir dakika!" dedi.

Salondaki vitrinin içinden o ana kadar dikkatimi hiç çekmeyen, camdan yapılmış yeşil renkli bir vazo çıkardı.

"Bu" dedi "19 yıl önce evlendiğimizde eşimle beraber evimize aldığımız ilk eşya. Bizim için çok özel bir hatırası var. Evliliğimizin ve mutluluğumuzun sembolu bu vazo. Eşimle ben bunu size hediye etmek istiyor ve dostluğumuzun bir nişanı olarak ömür boyu saklamanızı istirham ediyoruz. Kabul ederseniz çok sevineceğiz."

Ağlamamak için dudaklarımı ısırıyor, göz göze gelmeyelim diye başımı kaldırmıyordum. Sadece ben değil, hepimiz bir duygu sağanağının altındaydık.

Bir gezinin, üstelik Svetlana Hanım gibi katılanların çoğuyla üç-beş kelam edemeden nihayetlenen bir gezinin, bir aileye bu kadar tesir etmesi inanılır gibi değildi. Bu da Anadolu'nun kerameti deyip geçiştirmekten başka çare bulamadım.

Şimdi o camdan yapılmış yeşil vazo iki senedir evimizin vitrininde duruyor.

Ve çiçekleri hiç eksilmiyor.

ADINI MUSTAFA KOYABİLİR MİYİM?

> Kuraklık yüzünden atalarımızın terk ettiği anayurda özbeöz Türk okulları ile geri dönüş yapıyoruz. Kültürümüzü, örf ve adetlerimizi yeniden atayurda geri döndürüyoruz.
>
> Can AKSIN

Kaç gecedir uyuyamıyordu Mustafa. Başlangıçta hiç geçmeyeceğini sandığı beş senenin bitmesine, şunun şurasında iki ay kalmıştı. Kalmıştı kalmasına da, Atayurt'a bir başka bağlanmıştı Mustafa. Günlerdir anasına, babasına, kardeşlerine, memleketine kavuşacak olmanın heyecanı ile burada dolu dolu yaşadığı beş koca yılın tatlı, unutulmaz hatıralarının sarkacında gidip geliyordu.

Karaganda'da üniversitede okuyordu Mustafa. Aynı zamanda oradaki Kazak-Türk Mektebi'nde de belletmenlik yapıyordu. Bu akıp giden beş yıla ne öğrenciler, ne dostluklar, ne arkadaşlıklar sığmıştı unutulması mümkün olmayan. Ne acılar, ne sevinçler, ne heyecanlar tadılmıştı kanasıya. Bu huzur iklimini nasıl bırakıp gidecekti. Bilmiyordu.

Yatağının içinde gözlerini tavana mıhlamış yine bunları düşünüyordu. Gülümsedi. "Aslında ilk defa buradan kaçarcasına ayrılmak için bir bahanem var" diye mırıldandı. "Kayrat gibi bir sebep herkese nasip olmaz."

Kayrat, bu sene yardımcı olduğu sınıfın en haşarı, en yaramaz öğrencisiydi. Sanki Hababam Sınıfı'nın Güdük Necmi'sinin bir versiyonuydu bu çocuk. Hem de gerçek bir versiyonu. Mustafa ne yaptıysa kâr etmemişti ona karşı. Başedememişti. Ama asla, fıtratının kendine has yumuşaklığını elden bırakmamış; sabırla, sevgiyle, baş döndüren bir hoşgörüyle göğüslemişti Kayrat'ın tüm icraatlarını. Sınıfı elinde topaç gibi çeviren bu ateşîn çocuğun bir defa olsun kalbini kırmamıştı. İşte yatağında bile aman vermiyordu Kayrat. Kendisine moral verme ihtiyacı hissetti Mustafa: "Sık dişini aslanım. Çoğu gitti, azı kaldı". Mustafa'nın Karaganda'daki son günleri bu minval üzere akıp gidiyordu.

Bir gece okulun yatakhanesinde, kaldığı odanın kapısı tıkladı. Gelen Kayrat'tı. "Eyvah" dedi içinden. "Yine bir vukuat yoktur inşallah". Korktuğu başına gelmemişti bu kez. Kayrat'ın bir isteği vardı:

– Ağabey hafta sonu sizi bizim evde yemeğe davet etmek istiyorum. Ailem, yakın akrabalarım ve bazı arkadaşlarımla size bir veda yemeği vermek istiyoruz. Gelir misiniz?

Mustafa'nın lügatında hayır yoktu ki "Hayır" desin. "Gelirim tabi" dedi. "Hem de çok sevinirim."

Şaşırmıştı Mustafa. Bu yemek daveti hiç tahmin edebileceği birşey değildi. Çünkü davet eden Kayrat'tı. Başını iki yana salladı, dudaklarını büktü ve söylendi: "İnşallah kötü ve kaldıramayacağım bir şakayla karşı karşıya kalmam."

...

Kayrat'ın ailesi muazzam bir hazırlık yapmıştı. Çeşit çeşit, rengarenk bir sofra. Uzaktan gelen yakın akrabalar. Kayrat'ın en samimi bir-iki arkadaşı. Herşey tastamamdı. İşin doğrusu Mustafa böyle bir tablo beklemiyordu. Buraların adetleri boyunca herkes söz alıyor, Mustafa'nın hakkında bildikleri, duydukları kadarıyla bir şeyler söylüyor ve iyi dileklerde bulunuyorlardı. Mustafa'nın ise aklı-fikri Kayrat'taydı. Her an bir muziplik yapabileceği ve gecenin canına okuyabileceği kaygısını bir türlü atamıyordu içinden.

Söz döndü dolaştı ve en son Kayrat'a geldi. Bıyıkları henüz terlemeye duran genç çocuk ayağa kalktı. Sesi de elleri gibi titriyordu. Dudaklarından Mustafa'yı gözyaşına boğan şu sözler döküldü:

– Ağabey sana çok çektirdik. Özellikle de ben size çok sıkıntı verdim. Bu gece burada büyüklerimin ve sevdiklerimin yanında sizden birşey için izin istiyorum. Ağabey, ileride evlendiğimde, eğer bir erkek çocuğum olursa adını Mustafa koyabilir miyim?

HAYRETTİN BEY

Gölgesine pervaneler koşar kudsilerin.
Sineleri güneşin taç tabakasına denk,
İnim inim ve güvercin kalbi gibi ürkek,
Cennetler kadar şirin, sonsuzluk kadar derin,
Gölgesine pervaneler koşar kudsilerin.

Fethullah GÜLEN

Ne çalışkan adamdı şu Hayrettin Bey. Mesleğini bu kadar seven, işiyle bu kadar bütünleşen kaç insan vardı acaba yeryüzünde? Olumsuzluklarla hiç işi yoktu O'nun. Hep güzel görür, güzel düşünürdü. Hep tatlı dilli, hep güler yüzlüydü. Pozitif olmanın, olumlu düşünmenin nelere kâdir olduğunu görmek isteyen, Hayrettin Bey'i tanımalıydı ona göre. Öyle güzel bir insandı işte Hayrettin Bey.

Mevlüt, Hayrettin Bey'i evinden daha çok vakit geçirdiği kimya laboratuvarına girerken görmüş, bu düşüncelerin eşliğinde peşinden gıptayla bakakalmıştı.

Bu sıralar çok yoğundu Hayrettin Bey. Hummalı bir çabanın içinde, gecesi gündüzüne karışmıştı. "Bu da normal" dedi Mevlüt. Çünkü Semey'de ilk defa bir Bilim Fuarı açacaklardı ve herşey dört dörtlük olmalıydı.

Mevlüt üniversite talebesiydi. Semey Kazak-Türk Lisesi'ndeki öğrencilere etütlerde yardımcı oluyordu. Bir tür belletmenlik gibi bir şeydi yaptığı. Hayrettin Bey'i de okulda tanımış, tanır tanımaz da kanı ısınıvermişti. Aradan geçen günlerde Hayrettin Bey'in tiryakisi olmuştu.

Mevlüt ardı sıra bakakaldığı Hayrettin Bey'in yanına gitmeyi, onunla laflamayı arzuladı. "Meşgul etmesem daha iyi olur" diye vazgeçmek istese de, arzusunu gemleyemedi ve laboratuarın kapısını tıklayarak içeriye süzüldü.

"Hocam kolay gelsin, ne var ne yok" dedi laf açılsın diye.

Deney tüplerini bir kutuya yerleştirmekle uğraşan Hayrettin Bey:

– Ne olsun Mevlüt, fuara hazırlanıyoruz işte...

– Hocam yapmamı istediğin bir şey varsa elim boş, yardım edebilirim.

– Yok, yok canım sağol.

Mevlüt, Hayrettin Bey'in kafasının da vaktinin de tıka basa meşgul olduğunu görünce, vazgeçti sohbet hevesinden. İzin isteyip ayrılması en doğru şey olacaktı;

"Peki hocam, meşgul etmeyeyim" dedi. Tam kapıdan çıkmak üzereyken unuttuğu bir şey hatırına geldi ve merakla sordu:

– Ha hocam babanızın durumu nasıl?

– Rahatsız işte. Daha iyileşememiş. İlaçlar da pek fayda vermemiş kendisine. Hayırlısı, ne diyelim.

Üzüldü Mevlüt:

– Geçmiş olsun Hocam. İnşallah tez zamanda iyileşir.

Mevlüt kapıyı usulca örttü ve Hayrettin Bey'i dünyasıyla başbaşa bıraktı.

...

Nihayet beklenen gün gelmiş, fuar Semey'in en görkemli salonu "Abay"da coşkulu bir törenle açılmıştı. Mevlüt ömründe ilk defa böyle bir şey görüyordu. Halk, lise ve üniversite öğrencileri gruplar halinde gün boyu fuara akın etmişti. Gelen her grup zevkle, beğeniyle standları geziyor ve birçoğu fuar anı defterine teşekkürlerle bezeli duygularını bırakıyordu.

Bir ara gözü Hayrettin Bey'e takıldı. Kimya standlarının birinden diğerine koşturuyor, konuklarla ilgileniyor, öğrencilerine elleriyle elma kesip ikram ediyor, onlara yemek servisi yapıyordu. Orjinal adamdı bu Hayrettin Bey.

Üç gün süren fuar beklenenin ötesinde bir ilgiyle karşılanmış, çok güzel hatıralarla sonlanmıştı.

Aradan birkaç gün geçmişti. Aradığı bir şeye bakmak için okul yatakhanesinin salonuna giren Mevlüt, orada Hayrettin Bey'i yalnız başına kitap okurken buldu. Okuduğu kitabın içinde kaybolan Hayrettin Bey, Mevlüt'ü farketmedi.

Aradığını bulamamanın sıkıntısı ile dolaşan Mevlüt, Hayrettin Bey'i görünce sevindi. "Biraz onunla dertleşsem açılırım" diye düşündü. Dikkatini çekmek için, birşeyler söyledi. İltifat görmeyince; "Hocam ben sizinle konuşmak istiyorum siz ise bana hiç değer vermiyorsunuz" dedi nazlanarak. Sitemi işiten Hayrettin Bey; "Kitaba fazla kaptırmışım Mevlüt, kusura bakma. Gel otur şöyle" diyerek yanına çağırdı Mevlüt'ü.

Bir müddet fuardan, okuldan, Semey'den konuştular. Bir ara Mevlüt, "Hocam kusura bakmayın telaştan sormayı, ilgilenmeyi unuttuk. Sahi babanız nasıl oldu?" diye sorunca Hayrettin Bey'in rengi değişti, gözleri doldu, genizi düğümlendi. Neden sonra konuşabildi:

– Babamı kaybettim Mevlüt.

Mevlüt şok olmuştu. Hiç beklemiyordu bunu. Hayrettin Bey'in babası fuarın açılışından iki gün evvel bu yalan dünyaya elveda demişti. Genç öğretmen üzüntüsünü sadece müdürüyle paylaşmış motivasyonları bozulmasın düşüncesiyle diğer arkadaşlarına bu acısından tek kelime olsun bahsetmemişti. Müdürünün ısrarına rağmen; "Hocam bu en zahmetli, bu en yoğun, bu en önemli dönemde sizleri, okulumu yalnız bırakamam" demiş, babasının cenazesine gitmemişti.

Mevlüt Hayrettin Hoca'ya sarıldı. Sımsıkı kucakladı. Bir süre öylece kaldı. Sonra koşarak salondan çıktı. Odasına kapandı. Sessizce, uzun uzun ağladı.

"Allah'ım bu nasıl sabır, Allah'ım bu nasıl fedakârlık" diye sayıklıyordu.

Biraz sakinleştikten sonra bir zamanlar dilden dile dolaşan şu mısraları okudu.

Dünya bizi bağlayamaz; ne mal, ne mülk, ne para
Deseler ki: "Baban ölmüş, bu günler sana kara".
Gözyaşı ve dualarla indirince mezara,
Üzerini örter örtmez hizmete gideceğiz.

Dünyasını bir bavula sığdırıp kutlu bir parmağın gösterdiği ufuklara pervaz eden üveyiklerin içinde, babasının mezarına bir kürek toprak atamayanlar da vardı.

Ve Mevlüt, bu hadiseden sonra, dünyanın bir gün "babasının üzerini örtemeyenlerin" türküsünü söyleyeceğine her zamankinden daha çok inandı.

ANAV MINAV, FASA FİSO, TAK

Hayal edebiliyorsan yapabilirsin.

Walt DISNEY

Hayal gücümüz geleceğe dair umutlarımızın tek sınırıdır.

Charlies K. KEITREING

Reşahattin Bey, Vali Yardımcısı bayanın kendisine uzattığı anlaşma kağıdının her tarafının karalanmış olduğunu görünce anladı yine işlerin ters gittiğini.

Ne yaptıysa vali yardımcısı bayan ikna olmuyordu. Reşahattin Bey doğru-dürüst dil bilmiyordu. Tercüman ne kadar anlatmak istese Vali Yardımcısı bayan lafı ağzına tıkıyordu. Biraz sonra Vali Bey ile görüşeceklerdi. Görüşmesine görüşeceklerdi ama, yardımcısının ısrarla hayır dediği bir anlaşmaya valinin onay vermesi çok zordu. Valinin sekreterinin odasında bekliyorlar, bir yandan da tercüman vasıtasıyla konuyu tartışmayı sürdürüyorlardı. İşin tuhafı Vali Yardımcısı bayan ne kadar hırçınlaşıyorsa, Reşahattin Bey de bir o kadar gayri ihtiyârî kendini tutamıyor, gülümsüyordu.

Vali Yardımcısı bayanın öne sürdüğü cümle olumsuzluklar, Reşahattin Bey'in gülücüklerinde darma dağın oluyordu âdetâ.

Bu durum, Vali Yardımcısı bayanın da dikkatini çekti sonunda;

"Adınız neydi sizin?" diye sordu.

Cevap yine gülücük doluydu:

– Reşahattin.

Vali Yardımcısı bayan tercümana döndü. Bu işin olamayacağına dair şeyler söylüyordu. Sesi yine sert ve aksiydi. Bir yandan da hem aklı, hem gözü Reşahattin Bey'e takılmıştı. Her ne hikmetse Reşahattin Bey de gevşemiş; gülmeden, gülümsemeden edemiyordu.

Vali Yardımcısı bayan artık daha fazla dayanamadı. Hayretle;

"Bak şu Nasrettin'e" dedi, "Biz burada onun işini bozuyoruz, o ise ne kadar rahat. Ben bu Nasrettin'i sevdim" ve ekledi;

"Evraklarınızın hiçbiri düzgün olmasa da ben bu anlaşmayı imzalayacağım." Artık Vali Yardımcısı da gülüyordu. Sekreterini de gülerek çağırdı. Anlaşmayı da gülerek imzaladı.

Gülmelerin, gülümsemelerin bağrında bir okul ve okulun sinesinde bir dostluk boy vermişti.

Reşahattin Bey neşeyle arkadaşlarının yanına döndü. "Bundan sonra adımız Nasreddin ona göre" dedi ve başından geçenleri anlattı. Akmola, yağız delikanlıların gülücükleriyle doldu.

Reşahattin Bey'in tatlı çilesi bununla bitmiyordu. Akmola Valiliği'nden devralınan okulun tadilatı-tamiratı gerekiyordu. Kendi imkânları çok sınırlıydı. Okul, eğitim sezonuna mutlaka yetişmeliydi. Söz vermişlerdi çünkü. En sonunda şehir valisine çıkmaya karar verdiler.

Vali tüm görüşme boyunca kafasını "hayır" için sallamıştı. "Hayır" diyordu sadece. Yapamayız, başınızın çaresine bakın. Görüşmeler tercüman aracılığıyla yapılıyordu. Bir ara Vali haklılığını perçinlemek istercesine, kafasıyla Reşahattin Bey'i göstererek "Bu adam dil bile bilmiyor. Ne yapacak, nasıl çalışacak?" diye çıkıştı oradakilere. Reşahattin Bey Vali'nin kendisiyle ilgili bir şeyler söylediğini anlamıştı. Tercümana döndü;

"Ne diyor bu?" diye sordu.

"Dil bilmediğinizi söylüyor." Reşahattin Bey'in de canı sıkılmıştı. Kendinden oldukça emin bir ifadeyle "Ben dil biliyorum" dedi.

Vali, "Konuşsun o zaman," diye gürledi.

Reşahattin Bey tane tane ve gayet ciddi bir ses tonuyla;

"Anav mınav, fasa fiso, tak"[1] deyince Vali, kahkahalara boğularak koltuğundan yarım metre yukarı fırladı. Düştüğü yere, iri-kıyım gövdesine rağmen ilk önce Reşahattin Bey atıldı. "İzviniti, pajalusta"[2] diyerek tutup koltuğuna oturmasına yardımcı oldu. Fakat Vali hâlâ kahkahalarla gülüyordu. Dakikalarca güldü Vali. Sonunda zorlukla " A bavrum sen benim hoşuma gittin" dedi ve ciddi yekün tutan okulun tadilat ve tamiratına "Bu benim size hediyem olsun" diyerek çok önemli miktarda yardım sözü verdi.

Reşahattin Bey iki saat sonra okula döndüğünde Vali'nin gönderdiği işçilerin çalışmaya başladığını tarifsiz ve sınırsız bir mutlulukla gördü.

Farkında olmaksızın bir şifreyi söyler gibi; "Anav mınav, fasa fiso tak" diye mırıldandı.

Not: "Anav, mınav, fasa, fiso, tak" bir bütün olarak hiç bir anlama gelmiyor.

1. "Anav-mınav" Kazakça'da "şöyle, böyle, şu, bu" demek. "Fiso" Rusça bir kelime ve "tamam" demek. "Tak" da yine Rusça ve "işte böyle" anlamına geliyor. Bu deyim ve kelimeler oldukça sık kullanılır. "Fasa" da Reşahattin Bey'in biraz Kazakça'daki "anav mınav" tabirinden, biraz da Türkçedeki "fasa-fiso" tabirinden esinlenerek "fiso" kelimesinin başına ve dolayısıyla Rusça'ya kazandırdığı (!) bir anlamsız kelime. Yani Reşahattin Bey, böylelikle hiçbir şey demeden, herşeyi söyleyerek ve üç dilden mürekkep yepyeni bir deyimle dil bilimi tarihine geçiyordu(!).

2. *İzviniti, pajalusta:* (Rusça) Affedin, lütfen.

HELAL PARA

İnsana sadakat yaraşır, görse de ikrah
Yardımcısıdır doğruların Hazret-i Allah
ZİYA PAŞA

Aylardan ağustostu.

Mustafa Bey, elleri valizlerle dolu, apartmanın merdivenlerini acele adımlarla inerken, kendisine ayak uydurmaya uğraşan eşine ve çocuğuna bağırıyordu:

– Haydi, çabuk olun, uçağı kaçıracağız.

Dün akşamüstü bastıran yağmur, dolu dizgin sürüyordu. Güneş perdelerini henüz açmamıştı. Mustafa Bey, sözleştikleri arkadaşı gelmediği, gelemediği için yoldan bir taksi çevirdi. Taksicinin de yardımıyla valizleri arka koltuğa yerleştirdi. Üzerine de, koltuğunun altında tuttuğu el çantasını koydu. Eşi ve çocuğunu valizlerin yanına bindirdikten sonra, kendisi de ön tarafa yerleşti ve taksiciye;

"Havaalanı lütfen" dedi.

Bu arada ıslanmaktan hoşlanmamış olacaktı ki, "Giderayak yağmurdan da nasibimizi aldık" diye söylendi.

Aylardan ağustostu.

Taksici, havaalanının dış hatlar "gidiş" terminalinin önünde durdu. Mustafa Bey telaşla valizlerini indirdi, "Hayırlı işler" dileğiyle taksicinin parasını verdi. Taksici Mustafa Bey'e, "Hayırlı yolculuklar" diyerek az ötede kendisine el kaldıran bir başka müşteriye doğru gazladı.

Mustafa Bey valizleri yüklendi. Eşine yine "Acele edelim" diyecekti ki öylece kalakaldı. "Eyvah çantam!" dedi. Panik halinde bir umutla eşine döndü, "Yoksa sende mi?" diye sordu.

"Hayır valizlerin üstündeydi. İnerken almadın mı?" diye endişeyle cevapladı eşi.

Mustafa Bey'in el çantası, takside kalmıştı ve taksi çoktan gözden kaybolmuştu. Mustafa Bey tarifsiz bir üzüntüyle "Aman Yarabbi, ne yapacağım ben şimdi? Biletler, pasaportlar, kimlikler ve herşeyden önemlisi okulun ve öğretmenlerin on bin dolar emanet parası; hepsi, hepsi gitti" diye dövünüyordu. Eşi her ne kadar kendisini teselliye çırpınsa bile faydasızdı. Mustafa Bey perişandı.

Aylardan ağustostu.

Mustafa Bey'in o gün bütün aramaları sonuçsuz kaldı. Ne taksiciyi tanıyordu ne de plakasını almak aklına gelmişti. Polise başvurmuşlardı ama pek bir işe yaramamıştı. Yapacak birşey yoktu. Çaresizlik içindeydi. Mustafa Bey eşi ve çocuğunu yanına alarak tekrar Bursa'ya ailesinin yanına dönmeye karar verdi. Kimlikleri, pasaportları yeniden çıkartması ve bir an evvel Dede Korkut'un memleketindeki okuluna dönmesi gerekiyordu. Ama kâbus daha bitmemişti.

....

Mustafa Bey otobüsün koltuğuna yığıldıktan bir müddet sonra korkunç bir gürültüyle uyandı. Otobüs kaza yapmış, ortalık savaş alanına dönmüştü. O amansız yağmurun doğurduğu kaygan zemin zincirleme bir kazaya neden olmuş, altı-yedi araba birbirine girmişti.

Eşinin korkudan başka çok bir şeyi yoktu ama kendisinin ve çocuğunun her tarafı cam kırıklarına bulanmış, yüzü-gözü kesilmişti.

"Allah'ım" dedi Mustafa Bey, "Bunlar, bu yaşadıklarım... Hepsi bir uyarı, tokatın şefkatlisi. Herşeyin sahibi sensin, sen herşeyi en iyi bilensin. Acaba ben ne kusur işledim?" diye sordu kendi kendine. Gözlerini yumdu ve sık sık tekrarladığı şu dörtlüğü okudu dua niyetine:

Gelse celâlinden cefa
Yahut cemâlinden vefa
İkisi de câna sefa
Lütfun da hoş kahrın da hoş.

Rahatlamıştı.

Aylardan ağustostu.

Aradan bir iki gün geçmişti. Mustafa Bey her gün İstanbul'daki arkadaşını arıyor, bir müjdeli haber soruyordu. Ama nafile... Çantadan hiçbir ses yoktu. Çantanın kayboluşunun dördüncü günü Mustafa Bey, pasaportları çıkartmak için dilekçesini hazırlamış Bursa Emniyet Müdürlüğü'ne doğru yola çıkmak üzereyken telefon çaldı. Arayan İstanbul'daki arkadaşıydı. "Müjdemi isterim Mustafa Bey" diyordu, "Çanta bulundu."

İnanamamıştı Mustafa Bey. Telefon kapandıktan sonra "Acaba bu bir rüya mı?" diye mırıldandı kendi kendine. Tekrar aradı arkadaşını. Hayır rüya değildi. Çanta bulunmuştu ve içindeki herşey tastamamdı.

Aylardan ağustostu.

Mustafa Bey, İstanbul'daki arkadaşıyla beraber kendisini havaalanına getiren taksici ile birlikteydi.

Taksici 18-19, bilemediniz 20 yaşlarında bir gençti.

"Çantanız", dedi taksici, "Siz farkında olmadan valizlerin üstünden kaymış, taksinin arka tarafına düşmüş. Hiç kimse de farketmemiş o gün. Ben de akşam gördüm çantayı. O kadar parayı görünce gözlerime inanamadım. Öyle ihtiyacım vardı ki paraya.

"Acaba inenler Hızır mıydı?" dedim kendi kendime. Annem de babam da hasta. Arabanın borcu bitmek bilmiyor. Gece gündüz çalışıyorum. "Bir taksi alırım dertlerden kurtulurum" diye niyetlendim önce. Fakat ertesi gün hiç olmayacak bir kaza yaptım. Aynı günün gecesinde seni, eşini ve oğlunu rüyamda gördüm. Bana mahzun mahzun bakıyordunuz. Uyandım. "Herhalde bu insanların da bu paraya çok ihtiyaçları var. Bu para bana yâr olmayacak. Benden çıkmazsa mutlaka çocuklarımdan çıkar" diye düşündüm. Sabahleyin sizi aldığım yere geldim. Sordum, soruşturdum, arkadaşınızı buldum. Şimdi de karşımdasınız, buyrun çantanızı."

Mustafa Bey duygulanmıştı. Hem ter, himmet, hizmet kokan emanet paranın bulunması, hem de delikanlının merdâne tavrı karşısında daha fazla dayanamadı. Kipriklerini yumdu. Yanaklarından yüreğinin dili süzülüyordu. Acaba yeryüzünde sevincin, teşekkürün ve duanın daha has bir söylenişi var mıydı?

O akşam televizyonlar dürüst bir taksicinin haberini veriyordu.

Aylardan ağustostu...

BİR DEMET ROZA

Sana ne olmuş Roza, bir derde tutulmuşsun.
Sezai KARAKOÇ

Genç adam, alev kırmızısı ile toz pembenin büyüleyici bir güzellikle birbirine geçtiği tam 11 tane gül resminin kapağı süslediği tebrik kartını merakla açtı. Gül kadar güzel bir Türkçe'yle şunlar yazıyordu:

"Buralara kadar geldiniz. Her türlü zorluklara, engellere katlandınız. Bize fedakârlığın en güzel örneğini gösterdiniz. Bizlere insanca ve insanlık için yaşama dersini öğrettiniz ve sevdirdiniz.Bunun için size minnettarız. Sizin iyi dileklerinize her zaman muhtacız.

1998 Talgar mezunları adına Roza."

Pırıl pırıl bir genç kızdı Roza. Bir Kazakistan aydınlığıydı. Vefalıydı. Okulunu, öğretmenlerini hiç unutmamıştı. Şimdi anayurtta çok gözde bir üniversitede okuyor, kendisini çok sevdiği ülkesinin yarınlarına hazırlıyordu.

Yüreği titredi genç adamın. İrade dışı bir refleksle masasının hemen yanı başındaki dolabın üzerine gitti elleri. Dolabın üzerinde yerine itinayla konmuş metal bir dombra vardı. Altın kızıllığında parlıyordu dombra. Dombrayı eline aldı ve üzerine kazınmış yazıyı okudu: "Bu hediyem samimi dostluğumuzun sembolu olsun. Roza Apay"

Roza Apay avukattı. Oğlu Maksat Aksay Kazak Türk Lisesi'ni bitirmişti. Roza Apay çok sevmişti bu okulu ve genç öğretmenlerini. "Sizin sayenizde oğlum ailesine bağlı yetişti. İçki, sigara içmiyor. Utanacağım hiçbir kötü alışkanlığı yok. Oğlumun başarıları göğsümü kabartıyor. Bunu size borçluyum" diyordu ışıl ışıl gözleriyle. Ve o gün bugündür hastalıklarına, sıkıntılarına aldırmadan yüreğini adadığı okullar için koşturuyordu.

Genç adamın aklına, 17 Ağustos felaketinin ortasında açan ve acılarını hafifleten bir başka Roza düşmüştü şimdi de.

Yüzyılın felaketiydi Türkiye'deki deprem. Her ne kadar binlerce kilometre uzakta da olsalar, yürekleriydi depremin merkez üssü. İnsanı düşünemez, konuşamaz, duyamaz eden ilk şoktan sonra atayurttaki dostlarıyla beraber, "Bari geride kalanlar için bir şeyler yapalım" diye toplanmışlar ve depremzedeler yararına bir konser düzenlemeyi kararlaştırmışlardı. Kazak halkının çok sevdiği Roza Rımbayeva'ya teklif götürmeyi düşündüler. Ama Roza Rımbayeva bir ay kadar önce kocasını kaybetmişti ve çok kederliydi. Kazak âdetleri boyunca da kırk gün hiç bir işle uğraşmaması gerekiyordu. Genç adam, taziye için gittiğinde görmüştü Roza Rımbayeva' nın üzüntüden nasıl bitkin düştüğünü.

Söyleseler ayıp olur muydu acaba? Ya da olumsuz bir tepki gösterir miydi? Sonunda "Teklif edelim" dedi genç adam, "Her şeye rağmen acımızı paylaşacağını zannediyorum."

Genç adam ve arkadaşları, Roza Rımbayeva'nın "Bu acı benim acımdan çok daha büyük bir acı ve benim de acım" diyerek sahneye çıkışını ve acılarımız için şarkı söyleyişini hiç bir zaman unutmayacaklardı.

Genç adam da Roza adına, bir çokları gibi, ilk defa Sezai Karakoç'un o unutulmaz, enfes şiirinde rastlamıştı. Roza onun için bir gizemdi. Roza ismiyle bir şiir güzelliğinde tanışan genç adam, seneler sonra demet demet Roza tanıyacağını ve her birisinin, dünyasında şiir tadında derin ve ölümsüz izler bırakacağını nasıl bilebilirdi ki.

ADIN YASİN SENİN

Türkiye oralara ancak gönül erleriyle, destâni fedakârlıkları göze alabilen yiğitlerle ulaşabilirdi. Öyle de ulaştı.

Fehmi KORU

Genç adam, ofisinde masanın tam karşısındaki duvarda asılı, Orta Asya ülkelerini gösteren haritaya dalmıştı yine. Türkmenistan, Özbekistan, Kazakistan... On sene evveline kadar buraların adını bile bilmezdi. Kafasının arşivinde, liseden kalma "Türkler Anadolu'ya Orta Asya'dan göçmüştür" cümlesi vardı sadece. Uçsuz bucaksız o coğrafya, kendisi ve kendisi gibi bir çokları için pek de iyi şeyler çağrıştırmayan dört harften ibaretti: S.S.C.B.

Genç adam, Anadolu ile Orta Asya'nın "kalpten kalbe bir yol" ve Anadolu insanı ile Orta Asya halklarının "aynı anneden süt emmiş çocuklar" olduğunun; insanımız için vazgeçilmez fevkalâde önemli bazı duygu, düşünce ve değerleri bu topraklardan damıttığımızın; bunlarla hayatımızı ve kültürümüzü farklılaştırıp, zenginleştirdiğimizin; şimdi özgürlüklerine kavuşan bu ülkelere, kırlangıçlar gibi uçup, kardeşliğimizin ve vefa duygumuzun tezahürü olarak, ne pahasına olursa olsun hizmet etmemiz gereğinin ve gerçeğinin; kardeşlik ve vefa endeksli bu hizmetin de bir yürek ve sevgi işi olduğunun" künhüne ve idrakine, *Kırık*

Mızrap'ın içli, dertli, ızdırap dolu nağmeleriyle varmıştı. Kaderinin yoluna su serptiği talihlilerden biri olarak da, şimdi bu ülkelerden birinde, Kazakistan'da yaşıyordu.

Ne ilginç bir tevafuktu ki yolu Kazakistan'a düşmeden birkaç ay önce okuduğu bir kitapta bu vefa ve sevgi kahramanlarından Atravlı Yasin'e rastladı. İçi yandı. Günlerce aklından çıkmadı Yasin. Oturduğu, kalktığı her yerde onu anlattı.

Kazakistan'a geldiğinde de ilk onu sordu. Hikâyesini, Almatı'yı tepeden seyreden mezarının başında anlattılar:

Ata topraklarında okulların açılması, onun liseyi bitirdiği yıllara denk gelmişti. Ateş parçası Yasin'in de yüreğine buraların ateşi düşmüştü. Sonunda o da yüzlercesi gibi dünyasını bir bavula sığdırıp Yesevî ülkesine kanatlanmıştı.

Bir taraftan üniversitede okumaya, diğer yandan da Atrav Kazak-Türk Lisesi'nde belletmenlik yapmaya başladı. Okulu ve öğrencileri Yasin'in dünyası ve hülyası olmuştu artık. Varsa yoksa onlardı. O taptaze dimağlara Anadolu kültürünün mayasını çalıyor, iki ülkenin ebedi kardeşliği, mutlu ve aydınlık geleceği için ter döküyordu. Delikanlı damarlarında, vatanı ve bayrağı için bir şeyler yapmaya çabalamanın hazzı ve heyecanı çağlıyordu. Bu beklentisiz duygularla öğrencileriyle kaynaşan Yasin, onların sevgilisi ve "Yasin Ağabeyi" olmuştu. Şimdi Atrav'lı balalar yardan, anadan, serden geçmiş; destanı ezberden okunacak yiğitlerin türküsünü söylüyordu.

Atrav, 94 Ağustosunu yaşıyordu...

Akjayık Irmağı'nın kenarında Yasin, arkadaşları ve öğrencileriyle piknik yapıyordu.

Her şey o kadar güzeldi ki.

Ne olduysa topun ırmağa kaçmasıyla oldu. Önce öğrencisi Nursultan koştu topun peşine. Bir an evvel topu yakalamak kaygısıyla kulaçlıyordu suları. Birden ne olduysa çırpınmaya, suda batıp-çıkmaya, çığlık atmaya başladı. Yasin, öğrencisinin canhıraş feryatlarıyla irkildi. Nursultan'dan başka herşey, bir anda yok oldu gözünde. Ve tereddütsüz atladı ırmağa.

Can havliyle uzandı Nursultan'a. Tuttu, kucakladı, sırtına aldı. Dermanı tükeninceye kadar çırpındı çırpındı. Başardı sonunda. Nursultan kurtuldu. Ama Yasin kayboldu suda. Kaderi beklentisizlerin, "gariplerin" kaderiyle buluştu. Garip Yunus;

Bir garip ölmüş diyeler
Üç günden sonra duyalar
Soğuk su ile yuyalar
Şöyle garip bencileyin

diyerek sanki Yasin'i anlatıyordu.

Yasin, hayatının baharında bütün baharlarını, yüreğini ve ruhunu, hazansız baharlar yaşaması için bu topraklara vermişti... Vücudu bir tohum gibi Kazakistan'ın bağrına düşerken binlerce Yasin'in umudunu ve müjdesini veriyordu sevenlerine.

Müdürü, Yasin'in acı haberini Türkiye'de öğrendi. Bir çocuk bekliyordu o günlerde. Yasin'in toprağa düştüğü gün bir kınalı koçu oldu. Kucağına aldı, öptü, kokladı onu. Belletmenini, Yasin'ini öper, koklar gibi. "Kınalı koçum" dedi, hıçkırarak. "Adın Yasin senin."

Şimdi genç adam ne zaman bir Fatiha için Yasin'in mezarına gitse, toprağından;

Eğil de kulak ver bu sessiz yığın
Bir vatan kalbinin attığı yerdir.

mısralarının yükseldiğini duyar.

...Ve Almatı'yı tepeden seyreden mezarın başında geleceğe umutla bakar...

"HITAMUHÛ MİSK"

ÖRNEKLERİ KENDİNDEN BİR HAREKET

Bu yazıda anlatılması zor bir vefa borcu, dile getirilmesi çok zor bir destandan söz etmek istiyorum. Ama bilmem ki rüşeymleri, filizleri ve fideleriyle dünyanın dört bir yanını tutmuş önemli bir ihyâ hareketini bu ölçüdeki bir makale çerçevesinde ifade etmek mümkün olabilecek mi? Hiç zannetmiyorum... Bu konudaki bilgim videolardaki müşahedelerimden ibaret; olaya şehadetim duyduklarıma bağlı; kalemim karîhama esir; olup bitenlerin ifade edeceği manâ bilmem hangi zamana merhun... Şimdi bu şartlar altında ne anlatılabilir onu siz söyleyin. Bu itibarla da benim konu ile alâkalı yapıp edeceğim olsa olsa bir gül ya da bir çiçeğin resminde umum gülleri, çiçekleri anlatmaya yeltenme gibi bir şey olabilir. Bu ise, ölü bir gül resminde koca bir gülistan ve çiçek bahçesini hem de her bir gül ve çiçeği özel deseni, farklı şivesi ve çarpıcı edâsıyla anlatmaya kalkışma olacaktır ki, böyle bir yolla gülistanın da, çiçek bahçesinin de ifade edilemeyeceği açıktır. Öyle de olsa, çağın bu destan hâdisesi adına kalp ve kalem erbabını harekete geçirmek için böyle bir cür'et izharına ihtiyaç olduğu kanaatindeyim. Bazı erbâb-ı himmetin "vira bismillah" demeleri konuyla alâkalı böyle bir perişaniyet sergileme sonucu gerçekleşecekse, bence maksat hâsıl olmuş demektir.

Öyle ise ifade ve üslûp ne seviyede olursa olsun, çağın bu önemli hâdisesi mutlaka anlatılmalıdır; her şeyden evvel tarihe not düşmek ve bu kahramanlığı gerçekleştiren adanmışlara vefa borcumuzu edâ etmek için anlatılmalıdır. Aksine çok kısa zamanda, dünyanın dört bir yanında duyulup hissedilen bu yumuşak esinti, bu sımsıcak hava, bu taptaze düşünce ve bu sevgi, hoşgörü meltemleri anlatılmazsa vefa, civanmertlik, diğergamlık gibi yüksek hasletlere karşı da saygısızlık gösterilmiş olur.

Bu hareket yazılacak ve üzerinde ciddî durulacak bir hâdisedir. Birkaç düzine kara sevdalı, kimsenin düşünmediği ve akıl edemediği bir dönemde hasret ve hicran mülâhazalarına takılmadan, "gurbet" ve "yâdeller" demeden, hedef Hakk rızası açıldılar dört bir yana; azimli, kararlı ve güvenle dopdolu olarak... Gönüllerindeki ülke tutkusunu, memleket sevdasını hizmet aşkıyla bastırarak. Allah yolundaki mücahedelerini, çok az insanın duyabileceği şekilde duydu, yaşadı ve peygamber havarileri gibi; "Girdik reh-i sevdaya cünûnuz" (Nigârî) deyip yürüdüler mağriplere maşrıklara. Gençliğin, gençlik ruhundaki dünyevî arzu ve emellerin karşı konulmaz bir câzibe ile herkesi kendine çektiği, cismâniyetin insanî duygu ve düşünceleri baskı altına aldığı hayatın o en mavimtırak demlerinde, değişik istek ve dürtüleri bastıran başka bir vuslat iştiyakıyla uçup gittiler âdeta her yana, yüreklerinde ilk saftakilerin heyecanı... Bu uçup gidiş talihsiz bir dönemde rüyalarına giren yalancı bir dünya güzelinin arkasına düşmüş; ömür boyu hayâl avlamış, hicran yaşamış ve kendi benliğinden uzaklaşmış ama hiçbir zaman menzil-i maksûda ulaşamamış o toy sevdalıların gidişi gibi de değildi. Bu gidiş yürekten, his, şuur ve irade ayaklı; ihlâs ve samimiyet derinlikli bir gidişti. Siz isterseniz buna iman her zamanki dinamikleri, aşk u şevk tabiî hâlleri, adanmışlık mefkûreleri, Sonsuz Nur rehberleri, candan cânandan geçmişlerin kendilerini dünyaya anlatma cehdi de diyebilirsiniz. Evet, bunlar ne kendilerine takıldı ne de önlerini kesen engeller karşısında dize geldiler. Yüreklerinde renk atmayan tek sevda Hakk rızası ve Hakk'a vuslat arzusu, yürüdüler dünyanın en ücra köşelerine. Onlar yürüdü; yollar övündü, ruhânîler sevindi ve tabiî şeytanlar da dövündü... Yürüdüler; ne atları vardı ne arabaları, ne silahları vardı ne de cephaneleri. Güç kaynakları, sinelerinde her zaman magmalar gibi köpürüp duran o müthiş iman ve heyecan, ufuklarında insanlığın mutluluğu ve tabiî rıza ve rıdvan; bahtları sahabî ve havârî bahtına eş; iffet ve ismetleriyle de ruhânîlerle kardeş bir tavra ulaştılar hemen fecrin arkasından; ulaştı, destanlık birer konu ve solmayan birer hatıra oldular.

Götürdüler ulaştıkları her yere sonsuzdan oluk oluk nur; tüttürdüler her yanda ocaklar; alevinde, korunda, dumanında huzur. Bozuldu zulmün, karanlığın büyüsü. Uykusu kaçtı ilhad yarasalarının ve homurdanmaya durdu karanlıklar bitevî. Körüklendi bir kez daha yalan, iftira, tezvir ocakları; gemi azıya aldı kaba düşünce ve yobazlık. Fikir üzerine atlar sürüldü ve inanca öldüren pusular kuruldu. Ama nâfileydi bütün bu çırpınışlar. Sarmıştı ışık her yanı; sarmıştı sonsuzdan gelen nurlar umum cihanı. Artık dem aydın ruhların demi, devran da onların devranıydı. Gerçi ortalık biraz toz duman, ufuklar da sisliydi ama artık karanlık ve kaba düşüncenin büyüsü bozulmuştu.

Söz şimdi aydınlık ruhlardaydı. İnsanlık bunlarla yeniden kendini keşfedecek ve varlık hiyerarşisi içinde hakikî yerini alacaktı. Bu itibarla, onlar yolları gözlenen bir nesildi; gittikleri her yerde insanlık onları, onlar da tevazu ve mahviyet duygusuyla başları ayaklarının bulunduğu noktada, Allah'ı tâzim ve insanlara saygı mülâhazasıyla sürekli iki büklüm, gözleri Rahmeti Sonsuz'un kapı aralığında ışık sağanaklarının sökün edeceği ânı bekliyorlardı. Günümüzün insanı konuyu nasıl değerlendirirse değerlendirsin onlar âtinin çocuklarıydı; nurlu geleceğin karnı da onların sırlarına gebeydi. Her biri kendi çapında birer diriliş havârîsi olan bu kutluların ellerinde dostluk buketleri, dudaklarında kardeşlik neşideleri vardı. Onların en keskin kılıçlardan daha keskin dilleri suyunu Kur'an çağlayanından almış ve sözleri de uhrevî buutluydu. Bu sözler zulmetleri paramparça ediyor ama kimseyi yaralamıyordu; kulaklarda Kevser çağıltıları bıraksa da kimseye hasret yaşatmıyordu.

Aslında bunların ne ele ne de dile ihtiyaçları vardı. Çerağlar gibi parıl parıl simalarıyla görüldükleri her yerde Allah'ı hatırlatan bu temiz çehreler öyle büyülü idiler ki, onların hâllerinden süzülen manâlar karşısında beyanın dili tutuluyor ve lisanlar da sessizlik murâkabesine dalıyordu. Onların ışığı değil, gölgeleri bile pervaneleri yakıyor ve nurları semtlerine uğrayanların gözlerini kamaştırıyordu. Biz, "Hâlin yanında dilin, beyanın sözü mü olur! Temsil konuşunca tebliğe hâcet mi kalır?" deriz ki doğrudur. Onlar bu doğrunun temsilcileriydi. Her zaman yeryüzünde yığın yığın güzel insan olmuştur; ancak bu sonuncuların edâ ve şivesi çok başkaydı. Onlara eşleri-menendleri yok diyemem. Ne var ki, "göster" denince de hemen bir şey söyleyemem.. İhtimal, "bunlar ruhânîlere benziyor" der geçerim.

Bu aydınlık ruhları kime benzetirsek benzetelim, onların neşrettikleri nurlar sayesinde kupkuru çöller İrem bağlarına döndü. Pek çok kömür ruh, elmasa inkılâp etti. Taştan-topraktan tabiatlar, altın ve gümüş olma payesine yükseldi. Ve haklı olarak şimdilerde herkes onlardan söz ediyor; onların vadettikleri sevgi, kardeşlik ve hoşgörünün gerçekleşeceği günleri bekliyor. Bugün sadece zulmeti-ziyayı birbirine karıştıranlar, hayatlarını cismâniyet mahbesinde geçirenler onların aleyhinde atıp-tutuyor. Yarasalar onlardan rahatsız.. Kurtlar-çakallar onlara diş gösteriyor ve divanelerde tedirginlik var. Ben bütün bunları bir manâda tabiî karşılıyor, ve "Herkes kendi karakterinin gereğini sergiler" diyorum.

Ne olursa olsun, şurada-burada bir sürü mum söndürene mukabil onlar uğradıkları her yerde ışığa teşne gönülleri öteden nurlarla aydınlatıyor; temiz fıtratları eşya ve hâdiselerin perde arkasına uyarıyor ve bozulmamış seciyelere evrensel insanî değerleri duyuruyorlar.

Bir zamanlar Kur'an sayesinde kıtalar arası engeller aşılarak kalıcı bir sevgi, saygı ve diyalog gerçekleştirildiği gibi, şimdilerde de bu kutsîlerin gayretleriyle yeni bir anlaşma ve uzlaşma zemininin oluştuğuna/oluşacağına inancım tamdır. İnsanlık geçmişte milletimizi hep gülen yüzü ve gülen talihi ile tanıdı; işte bu, günümüzde de bir kez daha niye olmasın ki? Kaldı ki daha şimdiden, bu mefkûre muhacirlerinin uğradığı hemen her yerde, insanlar arasında âdeta bir sevgi seli çağlamaya başladı bile. Hemen her bucakta duyulur, hissedilir şekilde iç içe huzur ve itminan esintileri var. Dahası, her yanda âhenk ve istikrarın sarsılmaz blokajları diyebileceğimiz sulh adaları oluşuyor.

Kim bilir belki de çok yakın bir gelecekte, kendini yaşatma mefkûresine adamış bu hasbîler sayesinde kalp-kafa bir kere daha sarmaş-dolaş olacak; vicdan-mantık birbirinin farklı derinlikleri hâline gelecek; fizik-metafizik kavgadan vazgeçerek kendi alanlarına çekilecek ve her şey kendi tabiatındaki güzellikleri kendi diliyle ifade etme fırsatını bulacak; teşriî emirlerle tekvinî esasların iç içeliği bir kere daha yeniden keşfedilecek; insanlar birbirleriyle gereksiz yere kavga etmenin nedâmetini duyacak; çarşıda-pazarda, mektepte-yuvada bugüne kadar bir türlü tam gerçekleştirilemeyen huzur atmosferleri oluşturulacak ve huzur esintileri duyulacak; ırz çiğnenmeyecek, namus pâyimal olmayacak, gönüller sürekli hürmet ve saygı soluklayacak; kimse kimsenin malına, ırzına kem gözle bakmayacak; kavîler âdil davranacak, zayıflar-âcizler insanca yaşama fırsatını bulacak; kimse zan ile tevkif edilmeyecek; kimsenin evi, işyeri saldırıya maruz kalmayacak; hiçbir masumun kanı akıtılmayacak ve hiçbir mazlum ağlatılmayacak; ve herkes Allah'a karşı saygı duyup insanları sevecek. İşte o zamandır ki cennetlerin koridoru konumunda olan bu dünya, yaşanmasına doyulmaz bir Firdevs haline gelecektir.

M. Fethullah GÜLEN